中公文庫

恋衣　とはずがたり

奥山景布子

中央公論新社

目次

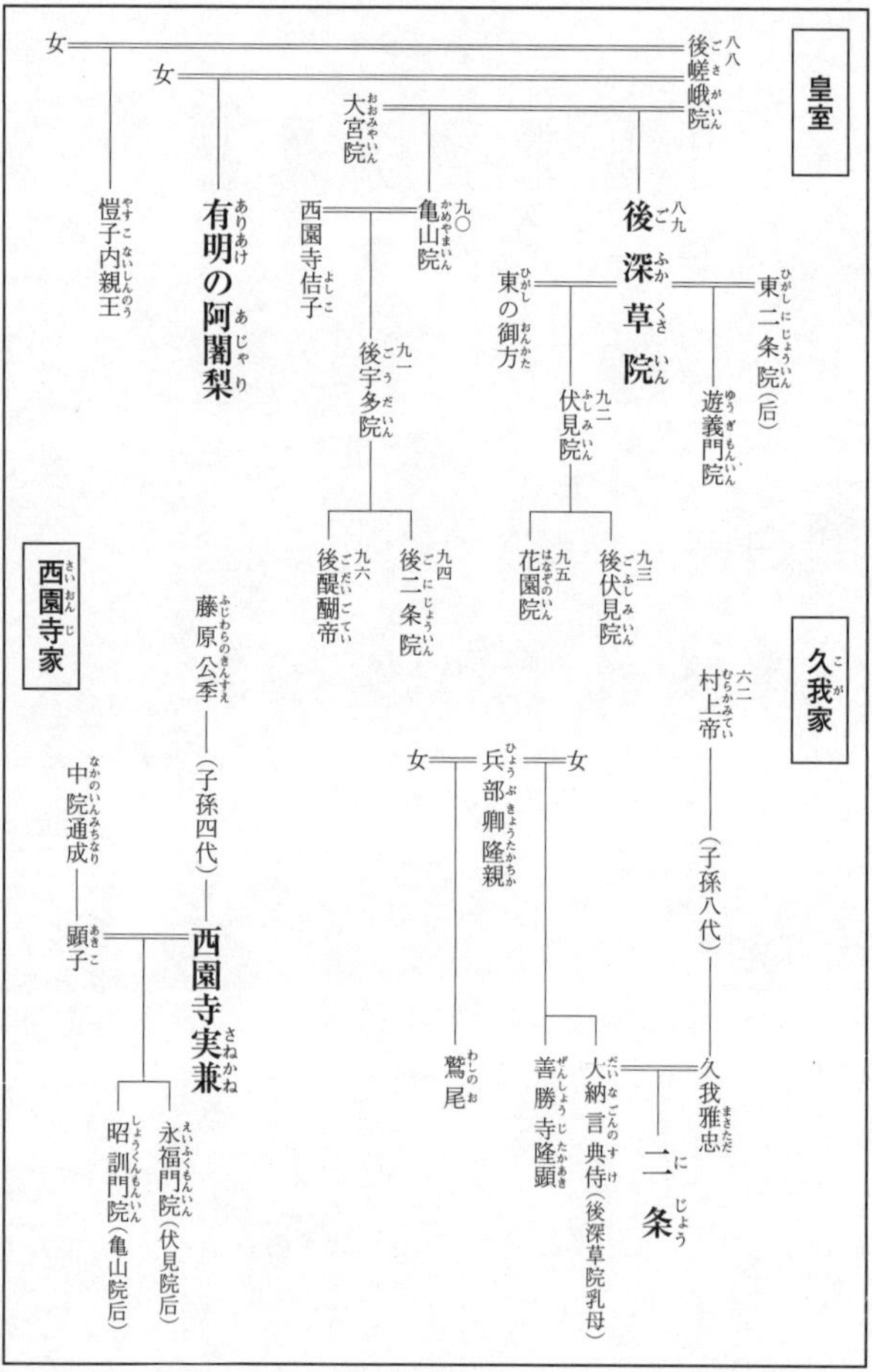
皇室
八八 後嵯峨院《ごさがいん》
女
女
大宮院《おおみやいん》
八九 後深草院《ごふかくさいん》
九〇 亀山院《かめやまいん》
東二条院《ひがしにじょういん》(后)
遊義門院《ゆうぎもんいん》
東の御方《ひがしのおんかた》
九二 伏見院《ふしみいん》
九三 後伏見院《ごふしみいん》
九五 花園院《はなぞのいん》
西園寺佶子《よしこ》
九一 後宇多院《ごうだいん》
九四 後二条院《ごにじょういん》
九六 後醍醐帝《ごだいごてい》
有明の阿闍梨《ありあけのあじゃり》
愷子内親王《やすこないしんのう》
久我家《こがけ》
六二 村上帝《むらかみてい》
(子孫八代)
久我雅忠《まさただ》
二条《にじょう》
大納言典侍《だいなごんのすけ》(後深草院乳母)
善勝寺隆顕《ぜんしょうじたかあき》
女
兵部卿隆親《ひょうぶきょうたかちか》
女
鷲尾《わしのお》
西園寺家《さいおんじけ》
藤原公季《ふじわらのきんすえ》
(子孫四代)
西園寺実兼《さねかね》
中院通成《なかのいんみちなり》
顕子《あきこ》
永福門院《えいふくもんいん》(伏見院后)
昭訓門院《しょうくんもんいん》(亀山院后)

漢数字は天皇の即位順

恋衣　とはずがたり

白露《はくろ》の巻

一

几帳《きちょう》の隙から戸外の冷気が漂い入ってきたのを感じて、露子は火桶を見遣《みや》った。白々とした灰の面《おもて》が、さざ波のように震えていた。

「誰か」

声を上げてみたが、夫の死後、徐々に人手を減らした邸では、以前のように侍女や女童《めのわらわ》がすぐに控えているというわけにはいかなかった。

ふう、と声にならない声で自分の腰を上げて廊下へ出ると、炭籠を持った音羽《おとわ》が背を丸め気味に急ぎ足でこちらへ向かって来るのが見えた。

「お方《かた》さま、申し訳ありませぬ」

「急がずとも良い」

主従が言葉を発したのは、ほぼ同時だった。

手早く火桶を調《ととの》えてくれた音羽は、文机《ふづくえ》の傍らにある紙燭《しそく》にも火を点《とも》した。暮れ方の薄闇に火影が溶け出していく。

「こちらでござりまするか、大殿《おおとの》さまのお持ちになった草子《そうし》というのは」

文机の下に、露子の普段使うものとは違う文箱《ふばこ》があった。蓋が半分開いて、中の草子が覗いていた。

「ずいぶん、大部なもののようにお見受けいたしまするが……お方さま、お読みになるなら、紙燭はもう少し明るい方がよろしうございましょうか」

忠実な侍女の気遣いを、露子はため息とともに断った。

「いや、今宵はもうやめておこう。火影の下で目を使うと、すぐ頭《つむり》が痛うなる。四十も近うなると、困ったものじゃ」

「まあお方さま、嫌なことを仰せになって」

露子は来年、三十七になる。古《いにしえ》より三十七は女の厄年、源氏の物語にも、名高き二人の女君、光の君憧れの藤壺の宮は三十七で亡くなり、最愛の夫人紫の上も同じ歳に重き病を患ったとある。互いに自重せねばなどと言い合っている同い年の音羽は、苦笑いした後、他にご用はと確かめ、やがてするすると衣擦《きぬず》れの音をさせながら下がっていった。何の草子かなどと詮索がましいことを言わぬのはいつものことで、露子には有り難いような、物足りぬような、分《ぶん》を弁《わきま》えた侍女であった。

――何の記憶の欠片《かけら》さえ残さぬまま、自分を手放した、生みの母さま。

その母さまの、五冊にも亘《わた》って書き残されたという日記。

何が書かれているのか。自分を産んだ時のことなども記されているのか。読みたくもあるが、恐ろしくもある。大殿の依頼は、露子には途方もなく心乱される、重いものだった。

二

この邸では皆が大殿さまとしか呼ばぬ、後西園寺入道《のちのさいおんじにゅうどう》、藤原実兼《ふじわらのさねかね》は、露子の実父である。

宮仕えということを一度もせず、娘から妻に、妻から母になって、結局は家の女のまま、この歳まで生きてきた露子には、ただ今の複雑な政《まつりごと》のことなどはあまり良く分からぬ。

それでも、皇太子をお輔《たす》けする要職である春宮大夫《とうぐうのだいぶ》を始め、朝廷の要たる内大臣《うちのおとど》、果ては世の重鎮の太政大臣《おおきおとど》まで勤め上げてきた実兼が、この京の都に並びなき実力者の一人であることくらいは、十分理解しているつもりである。加えて、実兼は鎌倉の幕府と京の朝廷との間で連絡や調整を進める関東申次《かんとうもうしつぎ》という重要なお役目も長らく務めていたらしい。幕府の要《かなめ》である執権を代々務める、北条の家が京へ使者を寄越す折には、まず西園寺家を訪ねることになっていると聞く。

しかし、露子の育ったこの橘《たちばな》の家で、実兼がそうした権勢家の一面を見せることは滅多にない。

露子の養父《ちち》橘久永《ひさなが》は、実兼の乳母を生みの母に持つ。実兼にとっては乳母子《めのとご》であり、西園寺家の有能な家司《けいし》の一人でもあった。幼い頃の露子にとって、たまに現れる実兼は両親が最も丁重に迎えるお客さまであり、訪れる度に美しいもの、珍しいものをこの邸にもたらしては、露子の頭を優しく撫でていく、品《しな》高き素敵な小父《おじ》さまでしかなかった。

その実兼が、自分の実父であると知ったのは、露子が十五歳の時である。裳着《もぎ》と呼ばれる成人の儀式を翌日に控えた、晩のことだった。

「露さま。明日、あなたさまのお式では、腰結いのお役を西園寺の大殿さまがお務めくださいます。なぜだか分かりますか」

養母《はは》は重々しく露子にそう言った。女子の裳着で腰結いを引き受けると言えば、先々、縁談などの後見もしようという意思表示であるから、確かに重要な存在には違いない。されどそれはあくまで父久永との縁によるものとばかり思っていた露子は、養母が自分に何を問うているのかも分からなかった。ぽかんとする露子に、養母は更に続けた。

「久永と私とは、露さまの本当の親ではございませぬ。大殿さまが、あなたさまの本当のお父さまなのですよ」

本当のお父さま。露子には、養母の言うことが初め全く理解できなかった。

今思えば、娘に向けるには恭《うやうや》しすぎる養父養母の態度や言葉遣いから、もっと早く気づくべきだったものを、何の思いも巡らすことなく、無邪気に幸せに育ったものである。

「内々とはいえ、かような形で親子と互いに名乗ることができて、良うございました」

養母は涙ぐんでいた。露子は突然のことで、詳しい事情を尋ねようということさえ、その時は思いも及ばなかった。

翌日の儀式の際、この人が血の繋がる父なのかと、露子は実兼の顔を改めて見た。実父と明かされた実兼は、その事について、特に触れようとはしなかった。ただ、露子の支度を見守る顔には、面映《おもは》ゆいような、照れくさいような、確かに父親でなければ浮かべぬであろう複雑な喜びの色が溢《あふ》れていて、養母の言うことは嘘でないと思われた。されど、この人が本当の父というならば、本当の母という人は、いったいどこの誰だというのだろうか。「生みの母」という言葉を一切口にしない養父母と実父に対し、その当然の疑問をぶつける機会は、なかなか得られなかった。

「久永はまこと、良い娘に育ててくれた。次は、良い婿を選ばねばならぬの」

晴れの装束が調うと、実兼は数歩下がり、実の娘の姿をつくづくと眺めてそう言った。

事実、実兼は幾人かの婿候補を既に選んでいたようであった。裳着の日からしばらくすると、形どおりの恋文が幾箇所から舞い込み、おそらく実兼の意を汲んでいるのであろう養父母たちの厳しい選別を経て、夫となるべき人との縁組みが定められた。

「養母《はは》さま、大殿さまが実の父さまであることは、よく分かりました。……それで、生みの母さまとは、いかなるお方なのでしょう」

婚儀を控えたある夜、折を見て露子はついに、こう切り出した。

「さあ、私もよく存じてはおらぬのですよ。何でも、宮廷に仕える方だったとか。子細があってお手許では育てられぬからと。それで、大殿さまが、子の無かった私たちに露さまを養女として育てるよう仰せられたのです」

何の手がかりにもならぬ曖昧な養母の返事に、釈然としないながらも、詳しく問い質《ただ》したい思いを抑え付けてしまったのは、ひとつにはこの養母の慈しみのありがたさ、いくら大恩ある夫の主家からの預かりものとは言え、血の繋がりも無い幼な子をその懐で育て上げた優しさが、生みの母でないと分かって殊更心に染みていたためでもある。露子には、この先いかに孝養を尽くしても十分ではあるまいと思われた。

またふたつには、世間知らずの露子ではあっても、実父実兼のごとき、身分ある殿方の私的な暮らしについて、おおよそ想像は及んだからである。

実兼の正妻は、後中書王《のちのちゅうしょおう》とも称された古の皇族、村上天皇の皇子具平親王《ともひらしんのう》の流れを引く源氏の名門の一つ中院《なかのいん》家の娘である。実兼との間には幾人も子を生《な》しているらしいが、実兼のような品高き殿方にとって、正妻以外の通い所を公然と持ち、あちこちに子ができるのは何の不思議もないことである。産んだ女人が、その後、手許で子を育て得る条件にあれば良いが、そうでない場合には、生まれた子の処遇は殿方の裁量に任される。そうした殿方の秘事《かくろえごと》の、いわば実務を捌《さば》くのは、腹心の従者たちでなければできぬことであり、乳母子、家司といった人々の周囲には、多かれ少なかれそういうことが静々と進んでいるものだとは、古の作り物語にも、今の噂話にも、変わらず伝えられていた。

西園寺家の家司であり、実兼の乳母子である久永に露子が預けられたということは、生みの母は、露子を自らの手では育て得ぬ境遇にあった人なのだ。宮廷に仕える人だったというならば、今は全く思いもよらぬ暮らしに落ち着いていることは十分考えられた。もしかすると、実兼と関わりがあったことも、露子という娘を産んだことも、今の実母にとっては触れられたくない過去になってしまっているかもしれぬ。何より、養母が知らぬとしか言わぬものを、それ以上問うことはできなかった。

三

露子は婿を迎え、そのまま橘の家で結婚生活を送った。間もなく生まれた男の子は、一度は流行病《はやりやまい》に罹《かか》って生死の境を彷徨《さまよ》ったものの、幸いにも快復し、以後はすくすくと育った。できれば子をもう一人、叶うならば女の子を授かりたいという、傍《はた》から見ればおそらく贅沢に過ぎる悩みの他は、露子は何ら不足のない暮らしを送ってきた。

徒然《つれづれ》なる暮らしの平穏に影が差したのは、露子が二十九になった冬のことであった。ある日の夕刻、夫は「今宵は息子も共にこちらへ宿る」と、三条にある生家に泊まることを文で報せてきた。

古よりの通《かよ》い婚の名残で、貴族男子は結婚後、緩やかな時を掛けつつ、暮らしの本拠を生家から婚家、あるいは独立して新たに取得した家作へ移すことが一般的である。結婚生活も十年を超えて、露子の夫はすっかり橘の邸を我がものと過ごしてはいたが、それでも勤めの都合によっては、時折生家に立ち寄り、そのまま宿ることもあった。

ちょうど、急に冷え込みの厳しくなった日で、露子は息子が風邪でも引きはせぬかと少しく心配ではあったが、父親も側《そば》にいるものを、こういうのを女親の過保護と言うのだろうと、子離れというにはほど遠い自分の思いを自嘲気味に、床に就いていた。元服を控えた一人息子が、先々人並みに立ち交じって恥をかかぬようにと、その頃夫は機会を見つけては息子をあちらこちらへと引き回し、作法や習慣を身につけさせていて、露子もそれを嬉しく頼もしいものに思っていた。

どれほどうとうとしていたのであろう、俄《にわか》に門をがたがたと開ける音がし、人々の話し声がする。

「何事か」

露子が声を上げるか上げないかのうちに、脇に控えていた音羽が廊下へ滑り出た。耳を澄ますと、どうやら通りを大勢の人が通っていく気配がある。

「お方さま、若君がお戻りでございます」

戻ってきた音羽は、息子を伴っていた。

「母さま、夜分にお騒がせして申し訳ありませぬ。六角堂の辺りで火が出まして。あちらの皆さまは、それぞれ所をお移しになって、無事でございます。火も程なく、お堂に燃え移ることもなく鎮まったそうにございます」

六角堂は夫の生家にほど近い所にある。さぞ恐ろしかったであろうと、まだ童髪《わらわがみ》のままの息子が精一杯大人らしく振る舞って報告するのを、露子は胸打たれながら聞いた。

「それは大変でした。……よく気を落ち着けて、皆さまのご様子にまで配慮できましたね」

寒風の中、駆け来《き》たったのであろう、息子の額にはうっすら汗が浮いていた。

「装束を解いて、ゆるりとなさい。汗をよう拭っての」

はいと神妙に頷いて自室に下がろうとする息子の横顔は、長ずるにつれて少し頬骨の高い夫の面差しを写してくるようだ。頼もしいこと、と思った露子だったが、一人で大人らしく振る舞った息子の今宵の行動を心の内で繰り返し慈しむうち、ある疑念が湧いた。

「はて。父さまはいかがなされました。同行ではなかったのですか」

「あ、いいえ、あの……そうです、あちらの皆さまの落ち着き先のお手配をなさっておいでです」

幼い顔に浮いた動揺の色を、露子は見逃さなかった。

夫には姉と妹がある。いずれも生家で婿を取っていて、指図をする男手に事欠くということは考えにくい。何より、まだ元服前の息子を、いくら下僕もいるとは言え、一人で三条からこちらへ帰した上に、露子宛の文さえもないのは、合点の行かぬ為しようである。

「そなた。本当に父さまと同宿しておりましたか」

母のいつにない強い語調に、息子は観念したようだった。精一杯振る舞ってはいても、根はやはりまだ子どもである。母の前で嘘を吐《つ》き通すには至らなかったらしい。

「いえその……父さまは、宵頃に、他所《よそ》へお出かけに……」

声が小さくなった息子を見て、露子は我に返り、己の声を和らげた。

「もうよい、そなたが悪いのではありませぬ。早《はよ》う、休みなさい」

可哀相に、父にも母にも顔向けできぬことになったと思ったのであろう、息子は俯《うつむ》いて自室へ下がっていった。あの様子では、父が「他所へお出かけになる」ことが何を意味するのかも、十分察しが付いているのだろうと思うと、露子は身体中からつぶつぶと泡でも吹き出るような気がした。

疑い出せば、これまでにも怪しいことは幾つもあった。

殿方の装束を調えるのは正妻の最も重要な役目の一つである。露子自身は腕が立つというほどではなかったが、幸い音羽を始め幾人か、お針の上手《うま》い侍女に恵まれて、夫の装束には常に細かく気を配ることができる。西園寺家との所縁《ゆかり》もあって、糸や生地にも不足はなかった。

ところがしばらく前、夫の脱いだ狩衣《かりぎぬ》の綻《ほころ》びに、およそ覚えのない補修の痕《あと》を見つけた。ずいぶん酷《ひど》く引きつれになったのを、あて布をして辛うじて縫い直してあったが、そのあて布は橘の邸では扱った記憶がないものだった。

生家で、姉か妹に仕える侍女にでも間に合わせてもらったのかとその折は気にも留めなかったのだが、見咎めれば見咎め得ることがその後も度々あった。露子が調えたのとは異なる小袖を狩衣の下に着て帰宅したり、宿直《とのい》務めをしたというわりには装束に乱れがなかったりした。

その度毎、露子はできるだけ忘れるように努めた。他所に女を作るなど、実父のような品高き殿方のすることで、実直な中流官僚に過ぎぬ夫がさようなことをするはずがないと思った。

しかし、息子を伴って生家に宿っておいて、他所へ行くとは。息子を、こちらから不意に何か言ってきた折の連絡役にでもするつもりだったのだろうかなどと、更に邪推もされて、露子は思わず文机に載っていた夫の文を握りつぶした。がさっという乾いた音がして、露子は深く息を吐いた。

どなたか、やんごとなき方にお伴しているのかもしれぬと考え直してもみたが、それなら息子も伴って行くであろう。やはりどうにも思いなすことのできぬ蟠《わだかま》りが残った。

再び皆が寝静まった邸で一人、物思いの夜が明けた。息子は朝早くに出かけたようである。

婿を迎えるために様々なことを教え、準備せねばならぬ女の子と違い、元服を済ませてしまえば、女親が男の子にしてやれることは少なくなる。婿入り先などが決まってしまえば、ほとんど家から出したも同然になろう。

何をする気も起きぬ間の抜けたような時を過ごしながら、露子は来し方行く末をぼんやりと思いめぐらし、この先、かような空疎な時が長くなるのだろうかと思ってぞっとした。

「殿のお戻りでございます」

下僕の声が響いて、邸内が賑わしくなった。露子は物憂い身体を脇息《きょうそく》で支えた。

「昨夜は、すまなかった。余計な心労をかけた」

夫は几帳を引き開けるなり、そう言った。

「お帰りなさいませ」

何気ない風で、しかし決してこちらを正視しようとしない男の横顔を、座ったまま見つめる。口に出さぬ言葉が、胸に溢れる。

——いずこにいらしたのですか。

「お疲れさまでございました」

「うむ。若がしっかりしてくれていて、助かった。彼奴もなかなか、頼もしうなったのう」

「よろしうございました」

――どこぞの侍女ですか。いつからなのですか。

「付け火ではないかという話だ。近隣の建物などに広がらずに済んで、何よりだった」

――その時、誰とおいででした、若い女子《おなご》ですか。何をしておいででした。

「申し訳ありませぬ。少々、頭が痛みまして……」

――あの子まで巻き込んで、何をしておいででした。

「そうか。それはいかぬな。ゆっくりと休むと良い。なに、夕餉《ゆうげ》は向こうの間でもいただこう」

廊下へ出る夫の口から、ほっと吐息が漏れたような気がした。露子はその背を一瞬、目で突き刺してみたが、それ以上、何も起こらなかった。

四

何事もなかったかのように、その年は暮れた。新年には、息子の元服が予定されている。

嫉妬を露《あら》わにする女に、何ものも決して味方してはくれぬ世である。男は妻が気に入らぬとなれば、あっさり邸へ行くのを止めてしまえば良い。とは言え、露子のように確乎《しっかり》した両親があり、さらに内々とはいえ西園寺という権勢の後ろ盾のある女には、男も相応に気を遣うものである。夫の秘事など、見ぬふり、気づかぬふりをしていれば、夫婦仲が壊れることもなく、物笑いになることもない。むしろ騒々《わわ》しく問いつめ、咎め立てなどして夫が邸に寄りつかなくなったりすれば、その方がよほど見苦しきものと人々の口の端《は》に上りかねなかった。

多くの名もなき女たちの先例に倣《なら》って、露子も沈黙を守った。

夫の行動は、以前と特に変わったことはない。露子も、お勤めに支障のなきよう、日々装束を調え、朝餉《あさげ》なども抜かりなく、台盤所《だいばんどころ》の指図をしていた。そうして、これまでと何ら変わらぬ暮らしをしながら、露子はこっそりと音羽に頼み、信の置ける老僕を一人選んで、夫が忍び通う所を突き止めさせた。

夫の相手は、露子が想像した、いずこかの邸の戯《あざ》れた侍女などではなく、五条辺り、町の民の小家《こいえ》の建て込む小路の一隅に、ひっそり隠れるように住まう女であると知れた。忠実で、少々お節介な老僕は、いかなる伝手《つて》を用いたものか、その女の素性までも調べてきた。

「お方さま、暫く前に両親に死に別れた、頼りない身の上だということであった。いかがなさるおつもりで……」

人気のない折を見計らって、音羽が問うてきた。

「どうもいたさぬ。……ただ、知っておきたかっただけじゃ。おかしいか」

音羽は目を伏せて微かに首を振った。口の中で、よく分かりますと呟《つぶや》いたようだった。

露子は老僕に口止めし、金子《きんす》や絹などを多く与えると、今後も時折その女の様子を窺って、必要と思えば報せるように命じた。

露子自身、正妻の子ではない。実兼が生みの母と秘密に情けを交わすことがなければ、自分がこの世に生まれ出ずることはなかったのだ。

己の出生や、会ったこともない実母のことを思えば、男女の仲とは所詮、闇の内のものと、諦める思いもないではない。実父の実兼は五十も半ばを過ぎた今でも、あちらこちらと通っては子なども生しているらしく、やはり会ったこともない異母弟妹の消息を噂に漏れ聞くこともある。養父の久永は決してそうした主の秘事を人に漏らしたりはせぬが、公のお勤めでないことに忙しくしている養父の様子は、自然と露子にも伝わった。

老いてなお壮《さか》んな実兼とは対照的に、久永は露子の知る限り、若い頃から枯淡《こたん》な風情の持ち主で、鬢《びん》に白いものが増えるのも早かった。この頃ではその白いものさえまばらになり、烏帽子《えぼし》を着けるにも苦労するほどである。

久永の烏帽子を着ける時、養母は決して侍女には手を触れさせない。これは自分だけの仕事と言わんばかりである。老いた二人の皺《しわ》がちな顔と手が寄り添う様は好もしく羨《うらや》ましく、露子はなぜこの人たちが実の親でなかったろうかとしばしば恨めしく思うほどであった。

息子の元服が無事に執り行われ、縁組みの話も幾つか持ち上がった頃、養父は突然逝った。朝起きたら隣で息を引き取っていた、との臨終の様を、養母がやっと自分の口から語ることができたのは、四十九日も済んだ後だった。すぐにでも後を追ってしまいそうな養母を、どうにかしてこの世に引き留めておくために、露子は自分が悲しむのは後回しにするより他なかった。

夫の采配と、西園寺家からの志で、法要は手厚く行われた。

養母が少し人心地付くと、むしろ露子の方がぼんやりとすることが多くなった。立場が逆になったように、養母は露子を気遣い、久永が亡くなったために延び延びになっていた息子の縁組みを進めるよう、夫をしきりに促《うなが》した。

「露さま、あなたさまがさようにぼんやりなさっていては、婿の支度もできませぬよ。先方への文など、失礼のないようにするには、やはり女親が細かい所に気を配らねば」

自分の気を引き立てようとしてくれる養母の思い遣りは身に染みたが、いつの間にか背丈も大きくなった息子を頼もしいとは思いつつも、烏帽子を着けた面差しや狩衣を着る身体つきのそこかしこに、夫に似通う所、祖父実兼と通ずる所を見いだすと、この子もいずれ、妻となる女人に悲しい思いをさせたりするのだろうかと、ふとやりきれぬ思いに駆られてしまう。

「養母《はは》さま。亡き養父《とと》さまは、……養母さまにとって、ずっと良き夫であられましたか」

孫息子の縁組みが調ったら、折を見て戒を受け、形だけでも尼になりたいという養母に、ある日露子はついつい、問うまいと思っていたことを口にしてしまった。その時、養母は、まあ露さま、少女《おとめ》のような問いをなさるること、と笑った。

「さあ。長く一緒におりましたからね。昔のことは、忘れてしまいました」

養母はそう言うと少し遠くを見るような眼をした。その顔は、一見、観音菩薩のごとき慈愛に満ちてはいたが、一方でそれ以上の露子の問いを許さぬ、張りつめた糸のようなものも感じさせた。

如才ないところは夫に似たのであろう、息子は婚家でも気に入られたようで、少しずつ橘の邸に戻る回数が減り、代わりに露子や音羽の手にはならぬ装束を身に着けていることが多くなった。

養父の形見を整理した養母は、対《たい》の屋の一隅を念誦《ねんじゅ》の間に設《しつら》え替えて、髪を下ろし、戒を授けられた。首の辺りで切り揃えられた髪と墨染《すみぞめ》の衣で、写経に精を出す姿は、中級貴族に生まれた女子の余生としてあるべき姿と映った。

いっそのこと、自分も養母に倣って出家してしまおうか。しかしまだ夫も実父も良しとは言うてくれぬであろうなどと思っていた矢先の夏、件《くだん》の老僕が音羽を通じて目通りを申し出てきた。辿々《たどたど》しい口上の後、頭を繰り返し下げながら、人払いをと願う老僕の様子にただならぬものを感じながら、露子は音羽以外の者を皆、居間から遠ざけた。

「何事か」

この老僕がこうしてわざわざ目通りを申し出てきたということは、夫はまだ五条の女と続いているということなのか。

夫の秘事に初めて気づいてから、はや幾年かが過ぎていた。息子の元服や結婚は無論、養父の死にも養母の出家にも、夫は情濃《じょうこま》やかに、行き届いた心配りを見せてくれていたから、露子は心のどこかで、このことは忘れてしまいたいと願うようになっていた。

「それが……申し上げにくいことで」

老僕はおどおどと辺りを見回した。

「構わぬ。申してみよ」

「はい。……五条の女が、子を産みました。女子でございまする」

……子を産みました。

ただ七音の言葉は、露子の心を押しつぶすのに十分だった。

いずこの寺社に幾度参詣し、願《がん》を掛けても、露子には決して授からなかった女の子。

夫が他所へ通うと知った後も、ただただ、子をもう一人、叶うならば女子を授かりたい一心で、他の女をいつ抱いてきたともしれぬ、気紛れな夫の求めにも否と言わずに応じてきた。その女の子を、五条の女が授かったというのか。

気を失わずにいるのがやっとの、女主人の様を見てとったのであろう、その後は音羽が幾つかのことを尋ねた。子は健やかであること、暮らし向きは頼りない様子ではあるが、必要な人手や品など、夫の密かな援助を受けて、どうにか育てていることなど、老僕はごつごつとした言葉で答えたようであった。

「ご苦労でした。あまり気の進まぬ役目であろうが、また何かあれば報せておくれ」

音羽は主に代わって老僕を労《ねぎら》い、下がらせた。

「音羽」

「お方さま」

この件を知るのは音羽だけである。養母にも打ち明けずにきた。はや三十も幾つか超えた養女の繰り言を、せっかく尼になって静かに日々を送っている人に聞かせて心労をかけるのでは、あまりに親不孝な気がしてならなかったからである。

主従、黙ったまま、日が傾いていく。しかしか、と蟬がひとしきり鳴いた。

「蟬も情けを寄せてくれたかの。そうかそうか、と申しているようじゃ」

実の母娘ならば、かような事でも打ち明け合えるのだろうか。共に泣いたりできるのだろうか。

考えること自体が養母への親不孝だと思いつつも、露子はふとそんなことまで思わずにはいられなかった。

五

「養母さま。お願いがございます」

念誦の間は簡素な室礼《しつらい》で、お道具なども控えめなせいか、養母の居間であった頃より広く見える。

「いかがなさいました」

経を書き写していた養母は、静かに顔を上げた。

「この養母に、今更何か露さまのためにできることがございましょうか」

「何も訊かずに、どうかお聞き届けくださいませ。……私も、尼になりとうございます」

養母は何やら予期するところもあったのか、小さなため息と共に、しばし沈黙したが、やがて諭すように口を開いた。

「露さま。何があったか、養母は無理に訊こうとは申しませぬ。また、どうしなければならぬとも申しませせぬ。ただ、先に世を捨てた者として、一つだけ、申し上げます」

「はい……」

「露さまのお好きな物語などには、たくさん、出家した女人が出て参りましょう」

菅原孝標女《すがわらのたかすえのむすめ》という人は物語に耽溺《たんでき》した己のことを「更級日記《さらしなのにき》」という書き物に認《したた》め、自らも物語を幾つも書き残している。それを真似ようというのではないが、露子も娘の頃、源氏、狭衣《さごろも》を始めとする物語をよく読み、筆のすさびに絵空事《えそらごと》を書いてみたことがあった。結婚も子育ても自らの身で知った今となっては、所詮儚《はかな》い架空事《つくりごと》と思いもするが、それでもなお、女というものの生き方を、やはり物語を先例に照らしてみることもある。

「その女人たちのことを思い浮かべてごらんなさいませ。出家したからといって、それだけで己の心から逃れられるわけではないのですよ」

「養母さま」

「叶うならば、周りの機が熟して後、誰からも、さもあらんと納得される時に、お望みなさいませ。今はまだ、その時ではないのではありませぬか」

養母の言葉が予言ででもあったかのように、しばらくして夫が病に倒れた。しきりに痛みを訴える腹部には、医師《くすし》の薬湯も高僧の加持祈禱《かじきとう》も力の及ばぬ固いしこりが感じられ、夫の手足は日ごとに細く頼りなくなっていく。

看病に追われながら、ふと五条の女はどうしているだろうかと意地の悪い思いに囚《とら》われることがあったが、露子は能《あた》う限り何も考えずに夫の世話をした。

幾月かはそれでも寝たり起きたりしていた夫だが、やがて自分で身体を動かすことも、意を伝えることも、覚束《おぼつか》なくなっていった。眠りと痛みとの間を彷徨《さまよ》い続ける夫に付き添いながら、露子も十分に眠れない日が続いた。

横たわる夫の傍らでうつらうつらしていたある時、露子は、夫が何者かに夜具から無理矢理引き出されるのを見た。

髪を振り乱した女は、筋の浮き出た夫の腕をひしと摑《つか》んで放さない。病で青黒くなった夫の顔が、繰り返し打擲《ちょうちゃく》され、痛めつけられて、酷《ひど》く歪んでいく。助けようと近寄ると、夫はこちらを一瞥して、顔に恐怖の色を浮かべた。手指に異様な手応えを感じて、手許を見ると、夫の腕に自分の指が食い込んでいる。

——違う、違う。

悪夢だった。拳を握りしめてでもいたのか、露子の掌には爪の食い込んだ痕が二つ、はっきりと残り、枕から頭を起こすと、うなじが汗で冷やりとした。

——私じゃない。私は、そんなことは、思っていない。

痛みに呻《うめ》く声がする。薄闇に、弱々しく身体を動かそうとしている夫の姿が浮かんだ。

露子は我に返り、懸命に夫の手足をさすった。声の出ない口が必死に動き出した。

「いかがなさいました」

顔を寄せて、唇の動きをどうにか読み取る。

……す、ま、ぬ。

それだけ言って、細い手が合掌《がっしょう》をさせてくれと言うように動いた。露子は慌ててその手に念珠を掛け胸許で合わせる形を作った。

「誰か、誰か」

隣室に控えていた導師が駆けつけ、型どおり、無念と言うように首を振った後、ひとしきり何やら唱えた。

「見事なご臨終のお姿でしたな」

死ぬ間際に現世への執着を示すと、往生は叶わぬと言われ、臨終の作法や心得があれこれと説かれる世でもある。最期に合掌念仏《ねんぶつ》の体《たい》を取り得た夫を導師は讃えたが、その言葉は露子の耳には何の意味もなさずに通り過ぎ、代わりに、声の無かった夫の最期の言葉が繰り返し繰り返し、響き渡った。

新たな亡者を仏の許へ送ろうと、様々の儀式が墨染にうち続いた。されど、露子が辛うじて覚えていたのは、到底夫の身から立ち上ったとは思われぬほど、荼毘《だび》の煙が儚《はかな》く、か細かったことのみである。すべての取り仕切りは息子が行い、西園寺家からの志も養父の時と同様に手厚かったらしい。

ただぼんやりと、流されるように時が過ぎた。この法要が終われば、一年馴染んだ墨染にも一区切り、衣替えでございますと音羽が甲斐甲斐しく支度してくれるのを見ながら、ようやく露子は夫の遺品を少しずつ整理する気になった。

歌どころか、気の利いた言葉もほとんどない、用件だけで素っ気ない近頃の文。養父が亡くなった頃のきめ細かなやりとり。若い頃に交わした、どこかで聞いたような甘く涙がちな句ばかりの恋歌。夫の文箱からは、忘れていた思いもかけぬ古《いにしえ》の欠片《かけら》が顔を出して、露子の手は滞りがちであった。

……す、ま、ぬ。

己が見てしまった禍々《まがまが》しい幻と、声の出ない夫の口の動きとが、すべての記憶と錯綜する。

——どうすれば、良かったと言うのか。

「お方さま」

物思いに絡め取られていく女主人を、音羽の控えめな声が引き留めた。

「大殿さまが、お越しになりました」

六

実兼は、六十を過ぎたとは思えぬ健勝ぶりで、露子は養父久永が生きていてくれたならばと思わずにはいられない。昨年、西園寺家では六十賀の祝宴が華やかに行われたと聞いたが、公に娘と披露されていない露子は、もとよりそうした座に加わるには及ばぬ上、夫の喪も重なって、実父に久しく会っていなかった。

「露。今日ここへ来たのには、実は一つ、頼みたいことがあるのじゃ」

夫の死後の暮らし向きや、近頃の養母の様子などを尋ねた後、実兼はそう切り出した。

「近々、勅撰の儀が行われるとの噂は、そなたも耳にしていよう。そこでな」

勅撰の儀とは、時の帝による直々の命で、幅広く名歌を集め、歌集を作る催しである。古《いにしえ》の聖代、平安は延喜《えんぎ》の御代《みよ》に、醍醐《だいご》天皇が紀貫之《きのつらゆき》らに命じて古今《こきん》和歌集を作らせてより、後撰《ごせん》和歌集、拾遺《しゅうい》和歌集等々、それらは常に歌を詠む者の範として重んじられてきた。

鎌倉に幕府ができてからは、文化を担う朝廷の力を誇示する一大事業と言うべく、勅撰の儀は重みを増し、後鳥羽上皇が藤原定家《ていか》らにお命じになった新古今和歌集に至っては、その撰に何年もの月日が要される大事業になったと言う。露子が三十になった頃には、古今から数えて十三集目となる、新後撰《しんごせん》和歌集が成っていた。

勅撰集に一首でも採られるのは、歌詠みには大変な栄誉であった。源平の争乱の折には、己の死後でも良い、我が歌を一首でもと願う平家の公達《きんだち》が、いくさの最中に人目を忍び命の危険を冒してまで、撰者《せんじゃ》、藤原俊成《しゅんぜい》のもとを訪ねたとも言う。おそらく近頃は、次の撰者と目される歌人、京極為兼《きょうごくためかね》のもとに、自らの詠草《えいそう》を進上したい多くの歌詠みが伝手《つて》を求めているのであろう。

「ここにあるのはな、実は、そなたの生みの母御の残したものじゃ」

実父は、文箱と思《おぼ》しき包みを取り出した。

「母さま。では、母さまは」

思いもよらぬ言葉に、露子はその消息が知れるのかと身を乗り出した。

「いやいや、残念ながら、どこでどうしているのやら、儂《わし》にも皆目分からぬのだが、醍醐の尼寺の者が、これをどうしても儂に渡してほしいと、ずいぶん前に預かったというのだよ」

醍醐の尼寺。では、実母はそこにいるというのだろうか。しかしもしそうなら、実兼が行方を知らぬとは言わぬであろう。

「勅撰などのある折には、どうか御高配願いたいとの言伝《ことづて》であった」

「さような仰せでは……お持ちくださったのは、母さまの御歌の集ということですか」

実兼にとって、為兼卿はごく近しい、配下とも言える存在である。自身も相応の歌詠みである実兼は、歌人である為兼卿を政などの面でも何かと引き立ててやっていた。実兼に頼めば、為兼卿の手許に詠草を届けるのは容易《たやす》いことであろう。

「うむ。ただな」

実兼はそう言うと、こめかみの辺りを指で押すような仕草をした。手指の皺は、さすがに重ねた歳を隠せない。

「儂ものう。歳を取った。大きな四角い文字の文書ならともかく、連綿と続く小さな女文字はのう。どうも読みにくうて。しかもな、歌だけではないようでの、いろいろ、歌を詠んだ時の細々《こまごま》とした事どもなど、書き連ねてあるらしい。少々見苦しいようなことも書いてあるかもしれぬ。母御は残念ながら、特に歌詠みとしての名声があるわけではないから、あまり大部なものを為兼に読ませるわけにもいかぬ。そなた、書き抜きをしてくれぬか」

「は」

「適当と思われる歌と、おおよその歌の背景が分かる記述のみで良いから、抜き出して新たに草子を作ってもらいたいのじゃ」

「大殿さま、お待ちくださりませ、そう仰せられても、私は母さまのご出自さえ、確《しか》と伺ったこともございませぬ」

おや、そうであったか、と実兼は首を傾げた。

「そなたには、とうに話したと思うておったが」

「いいえ。伺うてはおりませぬ」

さような重大なことを記憶違いするはずがないではないかと、露子はいくらか鼻白んだ。

「もとは久我《こが》家の出での。とは言え、今の久我の者たちとは所縁も薄くなってしまったようじゃが。大納言雅忠卿《だいなごんまさただ》の娘であった。亡き後深草院《ごふかくさいん》の御所にお仕えして、二条と呼ばれておった」

大納言雅忠卿の娘。後深草院の二条。

——生みの母さま。

「大殿さま。お車が参っておりますが」

縁でわざとらしい咳払いがして、従者らしき男の声がした。老いてもなお、この実父は多忙を極めるらしい。

「では頼む。また近いうちに、もう少しゆるるかに参ろう」

突然聞かされた実母のしるべを、どう頭に整理してよいものか、その端緒も見つからぬうちに、実兼は出て行ってしまった。

「お方さま」

置いて行かれた、幾冊かの草子を入れたと思しき文箱を見遣って、露子が茫然としていると、音羽が困惑顔で立っていた。

「あの、これは余計なことかもしれませぬが」

「何か」

「大殿さま、少しご様子が妙では」

「と申すと」

音羽は声を低くして言った。

「私ども、側仕えの名を、悉《ことごと》くお取り違いになりました。もう、何年もお仕えして、大殿さまにもお見知りおきいただいている者ばかりですのに」

「まあ……。お疲れでもあろうか。なかなかお身体を休める暇《いとま》もおありでないのかもしれぬのう」

太政大臣を退いてもなお、実兼の権勢は衰えることはないらしいと聞いている。

露子は、散らかしたままだった夫の形見を、またいずれ、と元通りに納めた。

実兼の言った「少々見苦しいようなこと」が、これからの自分の心を大きく支配する予感を、露子は漠然と感じつつあった。

曙光《しょこう》の巻

一

初春に霞も立ちたなびき、賑わしい後深草院さまの御所には、袖の襲《かさね》を花と競って晴れのご出仕に臨み、心中密かに他の誰より我こそはと恃《たの》む女たちが大勢犇《ひし》めいておりました。

さような中へ、私もまあ、人並みに、立ち交じったのでございますわ。十四歳でございましたでしょうか。軒端《のきば》の梅を刺繍した小袖に、紅梅、蘇芳《すおう》、萌黄《もえぎ》など春の色とりどりの衣を襲ねまして。そうそう、赤の唐衣《からぎぬ》も着けておりましたかしら。

院さまのお年賀、お屠蘇《とそ》の給仕には、父大納言が出仕しておりました。どうしたものか、二人してずいぶん御酒《ごしゅ》を過ごされては、何やらひそひそお話しになっていましたが、それが何の密談やら、もちろんその時の私に分かるはずもございません。

我が局《つぼね》に下がりますと、少々困った贈り物が、思わせぶりなお歌と共に届いておりました。

つばさこそ重ぬることの叶わずと　着てだに慣れよ鶴の毛衣《けごろも》

「晴れて恋人と名乗ることは叶わぬ望みかもしれませんが。せめて、私の心づくしの装束をその身にぜひ着けていただきたいのです」

お歌のとおり、見事な紅《くれない》を上にして、一枚ごとに色薄く、少しずつ白色に近づく少女らしい八枚襲の装束が、下の小袖まで添えられてありましたの。あの方の贈り物だとは、もちろん分かってはおりましたし、申し訳なくも思ったのですけれど――かようなものを、迂闊《うかつ》に殿方から頂戴するわけにも参りませんので……ええ、お返し申し上げましたわ。次のようなお歌を添えて。

よそながら慣れてはよしや小夜衣《さよごろも》　いとど袂《たもと》の朽ちもこそすれ

「結ばれぬまま、お衣装だけ着るのは悲しうございますわ。涙で濡れて袂を傷めては侘《わ》びしいですもの、お心変わりがなければ、きっとまたの機会もございます」

その同じ夜更けのこと。扉をほとほとと叩く音が聞こえます。どなたかご用かと、控えの者に開けさせますと、「こちらの包みが置いてありました」とのこと。

「心は変わらぬ」のお文《ふみ》が添えられて、お返ししたはずの包みがそのまま、ございました。再びお返しするというのでは、情のない女のようですから、そのまま頂戴してしまいました。

そうそう、翌々日にそれを着て出仕しましたら、父から「ずいぶん豪華なものを着ているが、院さまより頂いたのか」と見咎められましたのには、少々どきりといたしましたわ。

「准后《じゅごう》さまからですの。常磐井《ときわい》の大伯母さまより頂戴しました」

咄嗟《とっさ》にこう答えました。我ながらよくも平然と言い繕《つくろ》ったものです、もっとも、あの方からの贈り物を常磐井の准后さまからと言ったのは、お家の筋からすれば、全くの嘘というわけではございませんけれども。


十五日に、河崎にある実家《さと》に一度下がりました。母は私が幼い頃に亡くなっておりまして、実家には尼姿の祖母《ばば》さまがおいででしたが——でもこの方は私とは血が繋がっておりませんの。祖父の後妻、父には継母でございます。この尼上が、何かと口やかましくて、あまり居心地が良くないものですから、面倒な気がしたのですけれど、この日に実家《さと》下がりをするのは、毎年の習慣でございましたので。

けれど、様子が妙なのでございました。邸中、座敷はもちろん、渡りのお廊下や、果ては私の居間に至るまで、念入りに飾り立てて、香《こう》までも仰山に焚いたりなどしております。私には晴れの衣装を着よとまで申しますし。

「何事なの」

「御幸《みゆき》ですよ。院さまがお越しです」

仕える者たちがなぜか薄笑いを含んで答えます。院さまがわざわざこの邸へお出ましとは、おかしな事があるものと思って、私は尋ねました。

「まあ。何の方違《かたたが》えかしら」

「とにかく御幸ですから。それからね、女子《おなご》は何事も物柔らかなのがよろしいのですよ」

祖母の言うことも要領を得ません。節分の頃ならば、陰陽師《おんみょうじ》の言うことに従って他所《よそ》へ宿りをしますから、分からないではありませんけれど、正月の十五日に院さまが河崎へおいでなどと、何だか妙なことと思っておりました。

何しろまだ少女の頃でございます、邸の騒ぎもよそに、自室でうつらうつら、どれほど経ちましたかしら、ふと目が覚めまして、胸が潰《つぶ》れるかと存じました。なぜって、すぐ目の前に院さまのお顔があって、こちらをにこにこと見つめておいでになるんですもの。

「これは」

こちらをご覧になる眼差しは、微笑んでおいでにもかかわらず、日々御所でお目にかかる院さまと同じお方とはとても思えぬような、何やらぬらぬらとした光を帯びているようでした。私は思わず立って逃げようとしましたが、院さまに袖を取られてしまいました。

「なぜ逃げる。私はずっとそなたを待っておったのに」

院さまは私を引き寄せてかき抱くと、決して放そうとはなさいません。

「十四年だ。そなたが成人するまで、十四年も待った。どれほど待ち遠しいことであったか。こうして褥《しとね》を共にできるのは、まるで夢のようだ。ほれ、私の積もる思いを……」

耳許に唇を寄せて、あれこれと掻《か》き口説《くど》くように仰せになりますが、何を言われているのやら意味も分かりません。ただただ情けなく、院さまの御手が私の髪や衣をまさぐり、肌に触れようとするのから、とにかく逃げたい一心でした。なぜ何も言ってくれなかったのと父が恨めしく、涙が次々と溢れて参ります。

「おやおや、困ったものだ、まるで幼な子ではないか」

手荒な真似こそなさいませんが、院さまは私の手を捕らえたまま、やはり笑みを浮かべておいでになります。余りのことに、私は一言のお返事も申し上げずにその夜を明かしました。

夜明け方に、院さまは「また今宵な」と仰せになって、お出ましになりました。「未だ思いは遂げぬのに、皆が事あり顔に見るのが癪《しゃく》な」などと独り言を仰せになるのも、ただただ恨めしく思われました。

邸の者はもう誰も信じられませぬ。逃げようにも手だてもなく、ただぼんやりと臥しておりますと、早速院さまが後朝《きぬぎぬ》のお文をくださいました。初めての契りの翌朝、この文が届くのが早ければ早いほど、殿方の志が深い証《あか》しと申しますから、父も祖母も喜んでおりましたけれど。それでも、私が決してお返事を書こうとしないので、皆困った様子でおりました。

昼頃でしたかしら、どう伝手《つて》があったものか、こっそりと届いた文がありました。

今よりや思い消えなん一方《ひとかた》に　煙の末のなびき果てなば

「あなたの心はすっかり院さまになびいてしまったのでしょうか。無力な私はこの世から消えてしまいそうです」

あの方の文でございました。あの方は院さまのお側《そば》近くにお仕えする方ですから、ここに院さまのおいでがあったことは、当然ご存じだったようです。

知られじな思い乱れて夕煙《ゆうけぶり》　なびきもやらぬ下の心は

「思い乱れるだけで、どなたにもなびこうとは思わぬ私の本心は、分かってくださらないのでしょうね」

かようにお返事はしたのですが――今思えば、あの方のお気持ちにも、院さまの強引なさりようにも、何やらきっぱりと否《いな》とは言い切れぬ、心弱い私がいたようにも思えます。

日が暮れますと、やはり院さまがおいでになりました。もはや慣れた場所でもあるように寛《くつろ》いですぐ隣へお座りになり、頬を寄せて来られました。ひんやりと柔らかな頬の感触がありまして……。

「姫さま、今宵はもうご機嫌が直ったか」

軽口を叩いて笑う院さまは、口調とは裏腹に、その夜はもうご容赦くださいませんでした。お返事も申し上げぬ私の様子に構わず、迷いなく御身の下に私の身体を組み敷いていかれます。手荒に剝がれた衣はあちこち綻び、いつしか、私の身体に添うているのは、殿方としては華奢な、院さまのお身体のみになっておりました。

幾度か思いを遂げられた後、私が観念したのをお感じになったのでしょう、院さまは明け方の薄い光で私の小振りな乳房をつくづくと眺めては手で弄《もてあそ》び、それから繰り返し繰り返し、口に含んで転がすようになさってから、お顔を埋めておいでになりました。むずがゆいような感覚と恥ずかしさに、私はただただ眼を閉じておりましたが、その時に院さまが「すけだい……」と呟かれたことだけは、なぜかはっきりと耳に残ったのでございました。

二

——母さまは、後深草院さまの、ご寵愛を受けていらしたのだ。

今は亡き後深草院は、当代の天皇の御祖父に当たる方である。当然、ご自身も一度は天皇の御位にあった。

実兼は、母を「院の御所にお仕えしていた」としか言わなかった。確かに、お側近くに仕えていた人なら、院のお手が付いていても何ら不思議はないものを、考えてみもしなかったのは、露子がやはり二条という人を母と見ていたからであろう。自分を産んだ人なのだから、その人は父と恋をしていたものとしか、思っていなかった——。

母の残した書き物は、様々な意味で想像を遥かに超えたものであった。残された手蹟《て》は女手としては確乎《しっかり》とした、勢いのある文字が並ぶ。初めのほんの数丁を読んだだけで、露子はこの女人がこの先いったいどうなるのか、実兼とはどう関わり、自分がどうして生まれたのか、幾つもの疑問が溢れて、胸が潰れそうになっていた。

二条に内緒で文を送ってくる「あの方」というのが、父実兼のことなのだろうか。だとすれば父は、上皇のお情けを頂く方と、秘密の恋をしていたというのか。

常磐井の准后とは、実兼の祖母、四条貞子のことだ。母二条が実兼からの贈り物をこの貞子からと言い繕ったのは、おそらくその所縁《ゆかり》であろう。ただ、二条が貞子のことを「大伯母」と呼んでいるのは、久我《こが》家の縁戚関係を詳しく知らぬ露子には分からなかった。

——しかし、何という書き物か。

紫式部、清少納言、和泉式部……古《いにしえ》より才ある女たちは、歌を詠むだけでは飽き足らず、皆何か物を書かずにはいられなかったのだろう、己の仕えた宮廷のことや、交際した男たちのことなどを、かなりの内緒事に至るまで、細かく書いて残している。それらの中には、人目に触れた時に果たしてどうかと思われるほどの内容を持つものも確かに多い。

しかし、母の残した書き物は、率直さにおいてはそれらを上回ると思われた。

上皇の地位にあるお方の、あからさまな閨《ねや》の痴態まで隠れなく書いてしまうとは。

かような文章を書く二条という女人が自分の母であるとは、露子には到底思えなかった。御所に仕える十四歳の少女の姿は、一読すると初々しいようだが、実は気位高く、宮廷での己の地位を常に意識し、時には誇示し、手練《てだ》れの駆け引きをする才媛の資質を既に垣間《かいま》見《み》せている。身に纏《まと》う華やかな装束を誇らしげに書き記し、上皇の特別のお許しがなければ着られぬ赤の唐衣を着ていたことをさりげなく付け加えている辺りなどは、宮仕えをしたことのない露子には別世界の人の感覚と思われた。

二条の父雅忠は大納言であったらしい。ならば、後深草院の寵愛が深く、皇子でも生まれたりすれば、二条にはこの先、なにがしの門院と女院号で呼ばれ、人々から敬意を払われて暮らす途《みち》が拓く可能性がある。露子は、自分の知る限りの女院方の名を思い浮かべ、該当する方がないか、考え合わせてみた。

——いや、それは、おかしい。

露子の知る限り、久我家に所縁の方でそういう方はいない。何より、女院ならば、自分の詠草を勅撰に入れたければ、いくらでも方法はある。実兼などに頼まずとも良いはずだった。

ご寵愛は深くなかったのか。それとも、あるいは、父実兼が絡《から》んで何かあったのか。

日が傾きかけた。音羽を呼ぶのももどかしく、紙燭《しそく》に早めの火を点《つ》けさせて、露子は次の丁を読み進めていった。

三

院さまのお情けを受けるようになって、一年ほど過ぎました。父雅忠は、何としても自分は大臣に進み、私を女御《にょうご》などと呼ばれる高い地位に就《つ》けたいと強く望んでいたようでございますが、何しろ政《まつりごと》とは複雑なもの、なかなか思うようにはなりません。

五月《さつき》の半ば頃でしたか、それまでは一夜でも独りでは寝ないというほど色も好み、また酒も強い父でしたのに、急に痩せ衰えて休みがちになり、顔色なども黄色く見えるようになってしまいました。

幾月か経ち、医師《くすし》もあきらめ顔にため息を吐くほどになってしまうと、父は自分でも覚悟したのでしょう、臨終に向けて心用意を始めておりました。

さような頃に、私は院さまの御子《みこ》を身籠もりました。父は大層喜び、あちこちへ命じて神にも仏にも丁寧な祈願をさせました。「自分はもう何時死んでも良いが、そなただけが気がかりだ」と繰り返すので、私は父がご沙汰くださる祈願を有り難く思いましたけれど、一方で、私のせいで父がこの世に強い執着を残すことになるのであろうかと、罪深い思いもございました。

幸い院さまもその頃はお優しく、「大納言が亡くなったら、そなたはどうなるのだろう。

親身になってやれるのは私だけだろうなあ」などと仰せになって、わざわざ父を見舞ってくださいました。院さまがお出でくださったのが父には特に嬉しく心強く思われたようで、幾らかは気力を取り戻したようにも見えました。

秋も深まり、私はお腹《なか》に、御子を支える白布の帯をするほどになっておりました。

「子は幾人もあるのだが。そなたのためにはすべてを失っても良いと、今でも思うておる」

その日は父の気分も良さそうでした。もしかしたら産み月を迎える頃まで父が側にいてくれるかもしれぬなどと望みをかけつつ、付き添っておりますと、何やらしみじみと述懐めいた、遺言めいたことを少しずつ語り始めました。

「まだ十五の、身重のそなたを残して行くのは気がかりでならぬ。とは言え、定められた寿命はもう私も覚悟の上だから、これだけは聞いておくれ。院さまには、どんなことでも精一杯、お仕え申し上げるように。されど、何事も思い通りにはいかぬのがこの世というものだ。もし、いかようにしても院さまにお仕えすることが叶わなくなり、世を憚《はばか》るようなことにでもなったら、潔《いさぎよ》く仏の道に入りなさい。ゆめゆめ、他にご主君を求めるようなことをしてはならぬ。御所を出て、他家に使われる身になるなど、以ての外と心せよ。男女の仲とは、前世からの因縁もあることとゆえ、何があろうとも詮無《せんな》きことなれど、潔く髪を剃る覚悟だけは、決して忘れてはならぬ」

悲しいことでした。それでも、これが最後の父の教えかもしれぬと、私は一言も漏らさぬように承っておりました。

明け方になって父の容態が変わりました。苦しそうな呼吸の音がいたします。私は覚悟を決めて、父と長く親交のあった八坂《やさか》の法観《ほうかん》寺の長老さまに、お出でを願う使いを出そうとしておりますと、どういうわけか、祖母の尼上が「もう別の聖《ひじり》さまをお呼びしてあるから」と申します。まあ余計なことをと不快に思いましたが、逆らうこともできません。

父の顔色がどんどん悪くなってきます。臨終の際に導師がいないのではと、私は気が気でなく、尼上が呼んだという聖を待ちますが、なかなかお出でになりません。

「起こしてくれ」

父が喉《のど》を振り絞りました。父は最も可愛がっていた側近の家司《けいし》と侍女に命じて身体を起こさせ、私に装束と念珠を取らせて、合掌念仏の姿勢を保とうといたしました。

「一緒に念仏しておくれ」

父はやっとのことで家司にそれだけ言って、目を閉じました。もう一言でも自分で唱える力は残っていないように見えました。

呼吸の音が小さくなります。聖のおいでも間に合わぬまま、絶え入ってしまいそうに思われて、私は不安に駆られました。ああ、それが今思うと浅はかでございましたわ。せめて一言でも念仏を唱えていただきたくて、思わず父の膝に手を掛け、揺さぶり起こしてしまったのです。父は目を開き、こちらを凝《じっ》と見ました。

あのような哀しい、優しい目の色を、私は見たことがございません。

「案じられるのぅ」

それが、父の最期の言葉になってしまいました。

私は、何と親不孝な、罪深いことをしてしまったのでございましょう。

導師も間に合わず、念仏も唱えられませんでした。娘の行く末を案ずる言葉で、この世の生を閉じてしまわれたのです。悲しい、悔いの残る臨終でございました。なぜ、せめて念仏をお聞かせしたまま、仏さまのお膝許に思いを馳せて、父を逝かせることができなかったのでしょう。なぜ、父に最期の最期まで、心労をかけてしまったのでしょう。

父の臨終の悔いは、私の心の中に、楔《くさび》となって残りました。

私は、母には二つの時に死に別れました。以来、父だけを頼りに生きて参りました。

その父の臨終が、私のせいで、台無しになってしまったのでございます。

わが袖の涙の海よ三瀬河《みつせがわ》に流れて通え影をだに見ん
「袖にたまった涙が、せめて三途《さんず》の川に流れていくのなら。せめて、そこに映る父の影だけでも見たい」

私は神楽岡《かぐらおか》で煙になってしまった父の面影を、いつまでも求めておりました。

文永九年、秋のことでございました。

四

草子に一つ、涙の玉が溢《こぼ》れた。

「お可哀相に」

我ながら何と月並みなと思ったが、露子は、母が肉親に所縁の薄いことに、同情せずにはいられなかった。

十五と言えば、露子が裳着《もぎ》を行った歳である。実父が実兼であると知らされた歳でもあった。

生みの母の素性も消息も全く知らされないことを、いくらか不満にも心もとなくも思ったことはあった。それでも、常に養父母の深い慈愛に包まれていた露子は、親のいない不安を感じたことはない。養父久永があまりにもあっけなく死を迎え、臨終の作法を取る間さえなかったことは、悲しかったし、今でも久永が生きていてくれればと思う。されど、養母の傍らで苦しまずに逝った養父は、おそらく幸せであったし、往生の妨げもなかったのではと思われる。

信頼する婿が、他所にも通う女があったと知っていたらどうだろうか。娘を心配しただろうか。

苦々しくは思ったろう。されど、露子には久永のゆったりした声が聞こえるようだった。

「露さま。ここは、ずっと露さまの邸でございます。誰にも何の遠慮も要りませぬ」

長くあの実兼に仕えてきた、分別ある養父。

「殿方の悪戯《いたずら》など、放っておきなさい」

何よりも、亡き夫の供養に余念のない、養母の穏やかな今の尼姿が、養父の生を物語っていると、露子は思う。仮に養母の「忘れてしまいました」の奥に、露子の知らない養父の顔があったとしても。

それに引き替え、母二条が書き記した父雅忠——露子にとっては祖父にあたる人——の臨終は、あまりにも悔いと執着に満ちて、痛々しい。それは一つには、雅忠の遺言があまりにも切ないからかもしれなかった。

……潔く髪を剃る覚悟だけは、決して忘れてはならぬ。

院のご寵愛を頂き、これから御子を生もうという人に、なぜかような切ない遺言をせねばならなかったのだろうか。雅忠は、娘二条の行く末に、何か辛いものを予感するところがあったのだろうか。

……ゆめゆめ、他にご主君を求めるようなことをしてはならぬ。

久我家は名門だが、このところずっと所領の相続などを巡って一族内の争いが絶えない。中には西園寺家までも相手にした訴訟沙汰などもあるらしく、橘の邸にまで芳《かんば》しくない噂の漏れ聞こえてくることもある。露子は無論詳しいことは知らぬし、これまで自分を久我家に近い存在と考えたことなどもなかったが、争いがちな一族のうちで、祖父雅忠は娘を託しうる人物を見いだせなかったのだろう。雅忠の継母の尼上という方も、記される限りでは、どうやら頼りにはならぬ方のように思われる。

露子は何となく、自分が生みの母の手を離れざるを得なかった理由の一端を見つけたようにも思った。

それでも、院の御子を産めば、母の身には明るいこともあったのではないか。

露子の生年は文永十一年。雅忠の亡くなった文永九年から、二年後のことである。院の御子を産むはずの人が、その後なぜ自分を産むことになるのか、露子は母の身の上を、再び辿《たど》り始めた。

五

父が亡くなってから、あの方は毎日のようにお見舞いの文をくださっておりました。ある月の明るい晩に、ご自身でそっと訪れてくださり、しみじみと亡き父の思い出話などに付き合ってくださいました。折を弁《わきま》えて、好色《いろ》めいた振る舞いなどは決してなさいませんでしたから、私も心を許していろいろとお話を申し上げました。

お帰りになる折は、なんだかとても名残惜しく思われまして、思わずこちらから歌を差し上げました。

　別れしも今朝の名残を取り添えて　置き重ねぬる袖の露かな

「父を亡くした哀しみに、あなたさまが今お帰りになる淋しさまで加わって。袖に涙が重なることですわ」

　女の方から歌を詠みかけるのは、少しはしたないようだけれど、こうした機会なら構わないかしらと、もうお車にお乗りになるという時にお渡ししました。お返事は後ほどだろうと思っておりましたのに、あの方は、お車を止めたまま、即座に返歌をくださいましたの。

　名残とはいかが思わん別れにし　袖の露こそひまなかるらめ

「私のことなど、どうぞ今はお気になさらず。お父君の為にご存分に泣いて差し上げなさい」

　こんな情濃《じょうこま》やかな有様だったものですから、あの方のお姿が、一入《ひとしお》心に残ってしまいました。それから幾度か、「露」の語を必ず歌に詠み込んでは、互いに贈り合いましたのも、忘れられない思い出になりました。

　父が亡くなると、私は何やら、実家には居場所が無いようになってしまいました。

　尼上や異母弟などが我がもの顔にしている邸では、到底心安く日々を送れませんでしたから、しばらく乳母の家に厄介になっておりました。院さまからは、「喪服姿でも構わぬ、四十九日が過ぎたら出仕いたせ」とのご命令がございましたけれど、どうにも御所へ参る気分にはなれずに過ごしておりました。

あの方は、乳母の家にいる間にも文をくださいました。院さまの使者と鉢合わせしてはまずいだろうと、いろいろとお気遣いをなさりつつ――などと書きますと、早くも好色めいた話のようで、気が引けますけれど、私はさようなつもりはございませんでした、ただただ、一緒に父を偲《しの》んでくださる、頼れるお方と存じて。

あの方の文をいつも持ってきてくれる、とても気の利く従者がおりました。ある日この従者が、四条大路に面した方の塀に、崩れ落ちている箇所を見つけたと申しておりました。修理が行き届かずに、茨《いばら》の木を植えて誤魔化していたらしいのを、「申し訳ありませんが、こちらの主人の為に、切って参りました」としたり顔をしておりました。私は何のことやらと思っておりましたのですけれど。

それから数日後の、真夜中でございました。私の居間に近い戸を、こっそりと叩く音がいたします。そっと開けさせてみますと、なんとあの方なのです。茨にかからぬように、また衣擦《きぬず》れの音をさせないように、糊気《のりけ》のない、柔らかなお衣装に身を窶《やつ》したお姿は、全く物語の貴公子のようで……。

「茨の道を抜けて参りました。業平《なりひら》公のようにね」

「父も亡くなったばかりですわ。それに……」

私が身重であることは、あの方もご存じのはずでした。

「分かっております。けしからぬことは決して。ただ、私の心のうちだけは、どうしても聞いていただきたい」

あまりの真剣さに、私もつい負けてしまいました。

罪深い、軽々しいと思われるかもしれませんけれど……でも、あのような美しくてお優しい殿方に、一晩中、募る思いを捧げられて、拒み通せる女子など、この世にきっといないことと存じます。

ただ、古くからの言い伝えにも、後ろめたい思いは、一番知られたくない人の夢に見えるとか申します。優しく身体を包むあの方の手が、御腹に巻いた白布にふと触れた時は、さすがに私も己の罪に震える思いがいたしました。あの方がお帰りになった後、院さまに知れたらどうしようと、私はそればかり、恐ろしく思っておりました。

翌日は、まだ夜も更けきらないうちに、やはり茨の道をこっそり通っておいでになりました。その日はまずいことに、乳母の家では親戚が多く集まっておりました。

「ここに私がいることが露顕したら、きっと『六位宿世《すくせ》』とかって、乳母に叱られるのだろうね」

あの方は、源氏の物語の例などを挙げて、私の居間の簾内《すだれうち》に隠れ潜むのを、まるで楽しんでおいでになるようでした。ご自分のことを、恋仲の幼馴染みに逢おうとして乳母に見咎められた、光源氏のご長男、夕霧《ゆうぎり》の君に喩えたりなさって。

夕霧の君のお相手、雲居《くもい》の雁《かり》さまのように、おっとりとはしていられない私は、ひやひやすることばかりでした。

「姫さま。こちらに良い物がございますよ」

まさか邸内に殿方が忍んでいるなどとは夢にも思わぬ乳母が、私の居間の前で大きな声を出しております。昔は気取ってしとやかな女でしたのに、歳を取ってすっかり嗜《たしな》みのなくなった様子が、私はあの方に恥ずかしくてなりません。

「何。あまり気分が良くないから、そっとしておいて頂戴」

「まあ。折角お好きな白い物をお持ちしましたのに。ない時にはだだをこねる癖に、困った姫さま。次に欲しいと言っても知りませんよ」

乳母は不機嫌そうに去って行きましたが、私は恥ずかしさに顔から火が出そうでした。

「お好きな白い物って何でしょう」

あの方は不思議そうにお尋ねになります。取り繕って「六花《りっか》の雪、玉なる霰《あられ》」なんて申しても、信じてもらえるはずもありません。

「あの、私は少々、変わっているかもしれませんわ、女としては」

「ですから、何がお好きなのですか」

「あの。実は。白い色の……」

「何ですか、はっきり仰《おっしゃ》いなさい。私は笑ったりしませんよ」

「じゃあ申しますわ。お酒が、好きですの。時々、乳母にねだったりするものですから、あんなふうに言うのですわ」

それを聞いて、あの方は口を袖で押さえながら、心から楽しそうにお笑いになりました。

「良いことを聞きました。今度は私の邸にあなたをお迎えしましょう。この国のだけではない、世界中から、おいしい白い物を、あなたのために取り寄せてあげますよ」

あの方はそう言うと、私の頰を掌に包み込みました。

「今夜は用意できないからね。代わりに、私を存分にお召し上がりなさい」

口の中で、あの方の柔らかい舌が、ゆっくりと動き始めます。

私はその晩、この上なく甘美な夢に溺《おぼ》れ、もはや明日などなくなっても構わぬとさえ、思ったのでございました。

六

十一月《しもつき》の初めに、ようやく再びのご出仕をいたしました。久方ぶりの御所は、何もかもがすっかり変わってしまったのに、亡き父の思い出だけは、あちらこちらに見いだされるようで、侘びしい思いをしておりました。

中宮、皇后と、院さまの正妃の地位を正しく歩んでおいでになった東二条院さまは、何かにつけて院さまのお側に侍ることの多い私を、予《かね》て目障りな者と思《おぼ》し召しであったようです。身籠もったと知れてからは、風当たりも一層強うございました。それでも、父がいた頃は、さほど露《あら》わなことはございませんでしたのを、今となってはご容赦なく、不快感をはっきりとお示しになります。居づらくなることも多うございました。さすがの院さまもお気づきになって、祖父の兵部卿や叔父の善勝寺などに、「二条の後見をしてやれ」と仰せになるのは、有り難いことではありましたけれど。やはり父が存命の頃のようには参りません。月末には、また御所を下がってしまいました。

乳母の許も落ち着かぬし、どうしようかしらと考えた末、思い出しましたのは、醍醐にある勝倶胝院《しょうくていいん》でございました。久我に所縁のある尼君が、庵主《あんじゅ》をしております。やかましい乳母よりも、こちらの庵主さまの方が、落ち着いて頼りになるかと思われました。

善勝寺の叔父は、優しいのですけれど、少々軽々しいところもございました。私がこっそりと庵に籠もっていたのを、院さまに話してしまったらしいのです。十二月《しわす》の二十日頃に、院さまは大層略式のお車をこっそり仕立てて、叔父を案内人に、私の許へおいでになりました。

「身体は労《いたわ》っておるか。不自由はないか。生まれる子は、必ず、必ず大切にするぞ」

院さまは気紛れなところがおありですけれど、根はお優しくていらっしゃいました。その夜も、様々なお言葉で、将来のことなど繰り返し繰り返しお誓いくださいました。亡き父、大納言の意は決して無にせぬとも、仰ってくださいました。

夜明け方には、尼の方々の勤行《おつとめ》のお声などが聞こえて参ります。院さまをお見送りしながら、涙がとめどなく流れるのをどうしようもできずにおりますと、院さまも名残惜しそうに、お車に乗る前に、何度も何度もこちらを振り返って「また来よう。くれぐれも、大切にせよ」と仰せになりました。

「今年も残り僅かですわね」

「ほんに。年の瀬に、一段と寒さが増して参りました」

押し詰まった頃、雪の激しく降る夜がございました。尼の庵では新年の支度と申しても、さしたることはありませんので、皆早めに勤行を終えて、庵主さまとしみじみ、昔話などをして過ごしておりますと、誰かが訪ねてきた気配がいたします。

「どなたかしら。この雪に」

冷たい風雪の中、立っていたのはあの方なのでした。

「まあ。かような所へおいでになっては、いけませんわ」

「分かっております。しかしせめて、せめて雪宿りだけでも、させてくださいませんか」

「さりとて……」

押し問答を、庵主さまも他の皆さまもお聞きになっておいでです。

「おいでくださるという方を、こんな雪空に。さあさあ、こちらへ。今、火も大きくいたしましょう」

「ありがたい」

雪にかこつけて、あの方は結局私の許で夜を明かしてしまわれました。やがて日が高くなっても平然と、横になって私の髪を撫でたりしておいでになります。

「案内《あない》申す。案内、お願い申し奉ります」

聞き覚えのある声がして、あの方は「おお久永だ。待ちかねた」などと鷹揚《おうよう》に呟きながらゆっくりと起き出されます。いつもの従者なのでございました。まあかように堂々とお迎えに上がるなど、何としたことと、と思っておりますと、久永は、装束やお道具類など、お車一杯に、庵の皆さまに差し上げる寄進の品々を持参して、愛嬌を振りまいているのでございました。

日頃倹《つま》しい暮らしだからでしょうか、尼の方々は皆、届けられた品々に圧倒されて、どの品が自分のものになるか、目が離せなくなっているご様子でした。おかげであの方はまるで仏さまと同様に拝み奉られる有様で、誰一人、私の許で夜を明かしたことを、咎める者などございません。有り難いと言うなら、本来は院さまのおいでがあった名誉の方を、御寺としては重んずべきなのにと存じましたが、やはり尼と言えども物の賑わいには勝てぬのが、この世の習いと言うべきかと、黙って眺めておりました。

大晦日になりますと、乳母たちに居所が知れたのでしょう、「大切なお身体を、こんな山寺では」と迎えが来て、私は仕方なく、落ち着かぬ所へ帰りました。

二月《きさらぎ》になり、産み月を迎えました。十日、いよいよ御子の生まれる兆しが見られますと、院さまが御室《おむろ》の仁和《にんな》寺へ、無事の出産を祈る愛染《あいぜん》王の修法《ずほう》を行うようお命じになりました。それを知った善勝寺や兵部卿が、あたふたと手配したので、他にも、延命《えんめい》供《く》、薬師の法、聖観音《しょうかんのん》の法など、あちこちの名高い寺で行ってくれたようでございます。有り難くはありましたが、それでもやはり、かような時に父が生きていてくれたならと思わずにはいられません。

夜中近くなって、腰も割れんばかりの痛みが襲って参ります。側仕えの者が、後ろから支えて座産の姿勢を取らせてくれましたが、あまりの苦痛に、畏れ多くも、もう御子など産みたくないとまで思うほどでした。

どれほど経ちましたでしょう、涙と痛みで頭が朦朧《もうろう》とし、絶え入りそうな時でした。私の側に父が現れました。父は、昔と全く変わらぬ姿で、心配そうに私の顔を覗き込むと、背後に立ったようでした。

腰がふっと、軽くなったように思われました。一際《ひときわ》強い痛みが襲いましたが、後は不思議なほど楽になりました。

「ご誕生でございます。男御子《おとこみこ》でいらっしゃいます」

「おめでとうございます」

「院さまから、御印《みしるし》のお刀が届きました」

「ご祈禱へのお礼の品は、いかがいたしましょう」

「乳母君へのお仕着せは」

「魔除けの弦打《つるうち》はいかに。一晩絶やしてはならぬ」

うち続くしきたりは、善勝寺の叔父が取りはからってくれたようでございます。私は、安堵からうとうとと眠りに落ちてしまいましたが、きっといつか、己の様々な罪深さの報《むく》いを受けずには済まないのだろうという思いを、かような目出度い折ゆえに、かえって頭の片隅に強く残していたのでございました。

七

――良かった、ご無事で御子を出産なさったのだ……

この日記を残しているのだから、ここで母が亡くなるはずはないとは分かっていても、露子は無事御子ご出生の記事まで読んで、ほっと安堵の息を吐いた。

出産で命を落とす女は多い。己の命を子の命と引き替えにしてしまう者もいるし、中には身籠もったまま、母子共々、息絶えてしまう者もいる。無事にお産を済ませても、その後の経過が思わしくなくて、病みつく者も少なくなかった。

露子自身も、息子を産んだ時は身が裂けるのではないかと思った。読経《どきょう》の響く中、養母に腰を預け、音羽に手足を支えられ、白布を歯に食いしばって、漸く赤子がこの世に出ると、後は心地の良い疲労だけが残った。

世に初めて出た幼な子の泣く声で再び目を開けたとき、養父母、夫の喜ぶ顔を見て、自分が何を成し遂げたか、これから何をするべきなのか分かった気がした。それまで何もかも、守られてばかりで過ごしてきた自分が、守る側に立つ。それは生まれて初めて得た感覚だった。露子はそんなふうにして昔、己も母になったことを思い出した。

——それにしても。

母さま、二条という女人は、大胆で、不思議な方だ。

後深草院のご寵愛を受けながら、こっそりと実兼とも関係を続けていたのだ。しかも、御子を身籠もっているというのに。どう考えてみても、畏れ多く、恐ろしい。院にもし知れれば、二条は御所を追放になるだろうし、久我家の面目は丸潰れだろう。何より《よ》、亡くなった二条の父、雅忠の望みを潰すことになる。出産後にふと罪深い思いが過ぎったのは、二条自身がそれをよくよく分かっていたからに違いない。

　にもかかわらず、実兼との極秘の逢瀬《おうせ》を書き留める母の筆致は、むしろ甘く、まるで自分を古の物語の姫君に準《なずら》えて書き綴ってでもいるかのようである。甘い言葉を囁く実兼は、業平公や光源氏を彷彿《ほうふつ》とさせる貴公子であるし、思わぬところでその名に出会った養父久永も、光源氏の忠実な従者、惟光《これみつ》に優るとも劣らぬ、軽妙なお伴ぶりである。露子の知るその人たちとはまるで別人だった。そのせいか、露子は、母の所行について、怪《け》しからぬこと、それでは自ら身を滅ぼすものを、と眉を顰《ひそ》めつつも、どこか憎み切れず、魅力的に感じてしまうのだった。

　さらに興味深いのは、母の筆が甘いだけでなく、自身や取り巻く環境について、時に戯画的で冷静に描く一面も併せ持っていることだった。老いて嗜みを失った乳母や、その乳母に酒好きを暴露されて困惑する姿、その様子にかえって心を惹かれてしまう実兼など、露子は読みながら、いつしかこれが自分の母であることを忘れそうだった。

　――どんな方だったのだろう。

　美しい人だったに違いない。後深草院、実兼と、当代きっての貴顕の心を摑《つか》んでしまった人だ。容貌《みめかたち》のみならず、言葉や仕草にあふれる媚《こび》で、殿方の心を波立たせずには置かない人だったのだろうか。

　――女同士で語らうには、少し、嫌な方かもしれない。

自分が美しいこと、殿方の目を惹かずにはいないことを、実は、己でとてもよく分かっている女人。

露子は宮仕えに出たことがないので、大勢の女が一同に並んで仕える様子は身を以ては分からぬが、そんな中に二条のような人がいたら、おそらくずいぶん嫉妬を買うだろう。娘の自分にはどうだろう。母として、どんな言葉をかけてくれるだろう。

――今は、どこで、どうしておいでなのか。

お会いしたい。会って、話がしてみたい。

手放した娘を、その後どう思っていたのか。どう暮らしていたのか。

「露」の言葉を詠み込んだ歌を、実兼と繰り返し交わしたと書いてある箇所を見て、露子は言いようのない気持ちになった。自分の名は、これと関わりがあるのだろうか。父も母も、どのような思いで自分をこの世に迎えたのか。

露子は、次の丁を開いた。

八

父の一周忌には、様々心を尽くしたいと思っておりましたが、なかなか思うに任せぬまま、その年もはや暮れ方を迎えてしまいました。御所の方は神事のうち続く頃でしたので、私は少しの間お暇を頂戴し、乳母のもとで経を写したりしながら、父を偲んでおりました。

されど、私の心弱さは相変わらずでございました。

勝倶胝院の尼君たちばかりでなく、いつのまにか乳母たちもすっかり味方にしてしまわれたあの方は、忍びつつも我がもの顔でしばしば私の許にお越しになります。その大胆さ、お優しさに心を奪われつつ、さりとて院さまに知られるのは恐ろしく。どこまで罪深く、心弱い私でございましょうか。

あの方が続けて二晩ほど、私の許にお泊まりになっていた時のことです。院さまからお文がございました。なぜか、常よりもずっとお優しいお言葉が並んでおりまして。

「ずいぶん実家下がりが長いようだが。そなたがいないと御所から華が消えたように思われる。

うば玉の夢にぞ見つる小夜衣　あらぬ袂を重ねけりとは
闇夜に妙な夢を見たことだ、そなたが私ではない男の衣に包まれていたよ」

見透かしたようなお歌に、私は己の顔色が変わるのを感じました。

「まあ……言い伝えはやはり馬鹿にしてはいけないのだわ。どうしましょう」

手が震えて墨がぽとりと落ちます。お返事はなかなか書けません。

「どうしたの。いつものあなたらしくないじゃないか」

あの方は、構うものかというお顔でそう仰いました。

「私の言う通りに書きなさい。ほら。こちらの紙が美しくて良いでしょう」

大胆なあの方に言われるまま、私はお文を認《したた》めました。

ひとりのみ片敷きかぬる袂には月の光ぞ宿り重ぬる
「寂しさになかなか寝付けぬ独り寝の袂には、月の光が宿っているのでございますわ」

厚かましい物言いとは存じましたが——確かに、こうでもお返事するより他ないのでした。

「さ、そのお文を、早くお使いに渡してしまいなさい」

あの方は少し不愉快げに仰ると、文を受け取った女童《めのわらわ》に向かって強い口調で告げました。

「こちらから呼ぶまで、何があっても、もう誰もこの部屋に入れてはいけない。皆にそう言っておくれ」

部屋の隅から、予備の几帳《きちょう》まで持ち出して、あの方は二人の寝間《ねま》を厳重に囲うようになさいました。

「誰にも邪魔はさせない。ここにいる間は、あなたは私だけのものだ」

耳許の囁きは、すべての罪深さを、一瞬、儚《はかな》いものにしてしまうのでございました。

「この壺をあなたに差し上げましょう。誰にも見せてはいけない。それから、中のものを溢《こぼ》してもいけない」

「はい。まあ、なんて美しい。でも、こんなになみなみと香油が入っていては。どうやって持って参りましょう」

「懐へ入れて。そおっと、ね。良い香りがするでしょう。ずっとずっと、あなたの身体中を満たしましょう」

「ええ、でも、それでは……」

白銀《しろがね》の壺は重く、香油の香は咽《む》せるようです。

どうしましょう、これ、どうしましょう……。

手足の指のひとつひとつ、髪の毛筋のひとつひとつを香油の滴が伝って、身体の芯へ染みとおります。

甘い重みで、私は目が覚めました。

「あなたさま」

「夢を」

濃密に罪深い時の後、二人はうとうとと眠りに落ちていたのでございました。

「不思議な、夢を見ました。あなたさまが美しい壺を」

「いや、ならば、同じ夢を」

同じ夢を、二人で見ていたらしうございます。

いったいこの先どうなるのだろうとぼんやりと思いながら、私は長い間、あの方の手枕に、頭を預けたままでおりました。

九

年が改まり、世に文永十一年と申します。

院さまはその頃、お世継ぎやその後見の問題を巡って、弟君さま――この頃ご譲位なさったので、亀山院さまと申し上げております――と対立なさることがあり、日々、激しい怒りと憤りをお感じでいらっしゃいました。無理もありません、院さまの方が兄君でおいでなのに、世の中では何かと亀山院さまの方を持て囃《はや》す空気がございまして、帝の御位にも、亀山院さまの皇子さまが即《つ》いてしまわれましたから。

漏れ聞くところでは、ご両所の御母君さま、大宮《おおみや》院さまが、同じくお腹を痛めた御子さまでありながら、どういうわけか、幼き頃より兄君さまを疎《うと》んじ、弟君さまばかりを大層お慈しみであったとか。御父君である後嵯峨院さまがお亡くなりになってからは、大宮院さまの御意向を汲むように、世の人々が亀山院さまに追従し、後深草院さまを蔑《ないがし》ろになさるような、見苦しいことも増えていたようでございます。

この春、こちらの院さまは何か期するところがおありだったのでしょう、この春の五十日ほどの間、物々しく精進潔斎《しょうじんけっさい》をなさり、女房たちなども一切側に寄せつけず、ひたすら自室にお籠もりになって、強いご祈願をなさいました。亡き御父君が生前お書きになった文を集め、その裏へ、一心に法華経をお書き遊ばしたのです、それも、墨ではなく、御自らその指を切って、流れ出る御血を用いて。

お聞きするだけでも、こちらまで胸が苦しくなる有様でしたが――実は私自身もその頃体調を崩し、二月の末にはまた実家へ下がらねばなりませんでした。初めは風邪でも引いたものと思っておりましたのですが。

不思議な壺の夢には、やはり意味があったのでございます。身体のすべてが、それを物語っておりました。院さまはこのところずっと潔斎していらしたのですから、お腹のお胤《たね》は、どう考えてもあの方のものでした。

「私が手だてを考えましょう。院さまに知られないうちに。大丈夫、決して悪いようにはしないから」

ずっと実家に下がったままというわけにもいかず、私は五月頃には出仕しておりました。院さまは私の懐妊に気づき、大層お喜びくださいます。先にお産み参らせた御子も、可愛い盛りでございました。

「そろそろ四箇月《よつき》になるか。大事にしておくれ。また着帯の儀を調《ととの》えさせなければな」

精進明けからの月数などを院さまは指を折って数え、にこにことお腹に手を添えたりなさいます。でも本当はもう六箇月《むつき》なのですから、私は罪深さに生きた心地もございませんでした。

「何とか口実を設けて、実家へお下がりなさい。とにかくすべて私に任せて」

あの方はしきりに、私にそう文を寄越されました。あまりに熱心なので、どうにか都合を付けて下がりますと、あの方は早速忍んでお越しになります。

「良かった。院さまが、善勝寺殿に用意を申しつけていると聞いてね。本当ならもっと早くに調えて差し上げるべきだった。すまなかったね」

そう言って差し出されたのは、白布の帯でございました。この帯は必ず、お腹の子の父親が調えるのがしきたりであるのを、あの方は守ってくださったのでした。

「気が気ではなかったよ。本当は私の子なのに、院さまからの帯なぞ締められてしまったら、堪らないからね」

白帯を締めるのは、「標《しめ》を結《ゆ》う」のだとも申します。女はお腹に宿れば紛れもなく我が子ですけれど、殿方の思いとはさようなものかと改めて存じました。

あの方はそのまま三日間、隠れて側にいてくださり、その後、繰り返し名残を惜しんで帰って行かれました。ご愛情の深いのを目の当たりにして、嬉しうはございましたけれど、かような罪深い有様では、いったいこの先どうなってしまうことであろうと、父の遺言も頭を掠《かす》めました。

後ろめたさも増せよとばかりに、院さまのお遣いが白帯を持って参ります。その白い布を手に取って、私は一人、途方に暮れたのでございました。

再び御所に上がって、九月《ながつき》になりました。本当は産み月なのを、二箇月《ふたつき》も誤魔化して取り繕うのは苦しうございました。さすがに人の目も恐ろしくて、病と偽って下がらせていただきました。

こうなっては、いよいよ頼れるのはあの方だけでございます。

「まずは、『人を遠ざけなくてはならぬ病であると陰陽師が申した』と、あちこちへ噂を立てさせよう」

この策略を始めとして、あの方はずっと私に付き添い、信頼できる二人の侍女だけを側に置いて、万事指図をなさいます。言われる通り、見舞いに来てくれた善勝寺の叔父さえも近づけないようにしたので、二条は重病だと噂が広がったようでしたが、こんな小細工などいつかは知れてしまうのではと、不安でなりませんでした。

「あなたさまは、よろしいの。ずっと行き方知れずでは、お宅でも御所でも、皆さま怪しむでしょう」

あの方のご正妻が、中院《なかのいん》の、前の内大臣《うちのおとど》さまの姫君であることは、私も存じておりました。

「そんなこと、あなたが気にしなくても良い。実はね、春日のお社で、長《なが》のお籠もりをしているとになっている」

「まあ……でも、お社まで文など遣わす方も、あるかもしれませんわ」

「あなたはよく気の回る人だね。大丈夫。久永が私の振りをして代わりに籠もっているんだ。彼奴なら、代返でも何でも、上手《うま》くやるさ」

悪戯っぽく笑ったあの方でしたが、やがて真剣なお顔になりました。

「これから言うことは、酷《むご》いかもしれないけれど。私も、あなたのことをよくよく考えてのことです。どうか、お聞き入れください。……生まれてくる、子のことだけれど」

それは、私が最も恐れていたことでございました。

「どう考えても、あなたがご自分でお育てになるのは難しいでしょう。乳母を頼むにしても、子細が他に知れては、何かと困ることになる」

あの方の言うのは尤《もっと》もです。ふと、院さまの子と偽ればできなくはない、との考えが頭を過《よ》ぎりましたが、やはりそれは余りにも畏れ多いことでした。

「私が引き取って、しかるべき人に養育させようと思う。表向き、院さまには、流産したとご報告なさい。酷い仕打ちと思うでしょうが……」

「ええ。仕方ありませんわ。仰るとおりに」

「それから……養育先がどこかを、あなたは知らない方が良いと思う。探さないと約束してくれますか」

お返事ができません。できるはずもございません。

これから産み落とそうという子と、前もって縁を切れというのですから。

「私を、信じて欲しい。先々、互いに生きていれば、会わせてあげる機会はきっと来ると思うから。酷いことを言っているのは、十分、よく分かっている」

何も申せませんでした。これが報いかと存じました。あの方も、お辛そうでした。

それから私は、二人の侍女に無理を言って、急いで天児《あまがつ》を作る支度をさせました。幼な子に降りかかる災厄を代わって受けてくれるという、あの人形でございます。生まれる前に作って、せめてものお守りに持たせたいと存じました。日数もないことで、小さく簡素なものしか作れませんでしたが、どうにか形になった頃、身に覚えのある痛みが襲って参りました。

無事、産み落としましたやや子は、女子でございました。先のお産とは違い、何の修法もなく、しきたりもない、静かな出産でございました。

生まれた子にとってみれば、あの方も私も、どうしようもなく罪深い両親でございます。とりわけ母の私は、初めから自らの手では育てないと決めて、産み落としたのでございますから。それでも、ただ一つ、もし先々で機会があったなら、この子に伝えたいことがございます。

そなたは実の父の手で取り上げられたのだと。

おそらく、都の子女で、さような宿命を負った子は、まずないことでございましょう。罪深い母ではございますが、その分、この父が、そなたを大切にしてくれるに違いないと、私は信じておりましたと。

座産の腰を支えるのも、臍《へそ》の緒を切るのも、身体を浄めるのも、すべてあの方が手ずからなさいました。玉の宝を頂くように。そうして、予て用意の柔らかい衣に幾重にもあの子を包むと、天児《あまがつ》と一緒に抱き上げました。

「許してくれるね。よく、養生して。すぐに、また様子を見に来るから」

あの方に似たのでしょうか。生髪《うぶがみ》黒々と、目鼻立ちもはっきりした、可愛い子でした。抱き上げられた時、こちらに向かって手を伸ばしたように見えました。

いずこに連れて行かれたのでしょう。今頃、誰の手に抱かれているのでしょう。

何を申しても、もはや詮無いことでございます。

十

そうして、やはり、因果は巡るもの、と言うべきでございましょうか。

流産したと聞いた院さまは、大層手厚く、わざわざ薬なども調えてお届けくださり、

「三箇月《みつき》程は出仕せずとも良いから、ゆっくり養生せよ」とお命じくださいました。

　後ろめたさもあり、お言葉に甘えるように、ぼんやりと過ごす折、ただ一つの慰めは、先年お産み参らせた男御子さまのご成長でございました。善勝寺の叔父が良い乳母を探してくれて、次第に院さまに目許など似てくるのも愛おしく、この御子さまがお健やかであれば、この母の罪も少しは減ぜられるかもしれぬなどと、都合の良いようにばかり考えておりました。

　忘れもいたしませぬ。十月《かんなづき》の八日のことでございました。冷たい時雨《しぐれ》が、絶え間なく降り注いでおりました。

　数日前から熱を出していた御子さまの心《しん》の動きが、だんだん、弱くなってゆきます。綿に含ませて差し上げる薬湯も、叔父に頼んで行わせた修法も、小さな心に再び力を宿らせることは、難しいようでございました。乳母は、懐に入れた御子さまに向かって「お起きなさいませ。乳召し上がりませ」と、空しい念仏のようにずっと繰り返しております。

　生みの母の私には、何もできることがございません。ただただ、為す術もなく、黙って見ているだけなのでございます。

　この世のすべてに詫びました。叫びました。命に替えて、この御子さまをお守りくださいと。

　願いは届きませんでした。

御子さまは、あの世へ召されておしまいになりました。小さな手は、二度と私の手を握り返すことはありません。

この世の理《ことわり》は、決して私をお許しくださらないのだと、はっきり思い知りました。

それにつけても、思い出されるのは父の遺言でございました。

思えば、院さまのお情けを受けるよりもさらに昔、まだ十にもならぬ頃から、父は、数多《あまた》いる子の誰よりも、この私の行く末を案じていてくださっていたようでございます。女子の習いで、私も幼い頃から様々の歌の集、物語の草子など、ずいぶん親しんだものでございます。

古今《こきん》の二十巻《はたまき》などは、諳《そら》んずる程学びました。源氏の物語は、大層面白うございました。

されど、私が最も心を惹かれたのは、なぜか、「西行が修行の記」という絵巻でございました。

中でも、世を捨てた西行法師さまが、川辺の岩に腰を下ろし、水面《みなも》に花の散りかかるのを眺めながら、お歌をお詠みになる、その様子を描いた画が、私の一番のお気に入りでございました。

風吹けば花の白波岩越えて　渡りわずらう山川の水

散りて流れる、春の花、秋の紅葉。この世の理に従う華を見つけながら、己が心を見つめる。親への情け、夫への拘《こだわ》り、子への未練。女の身に添うて離れぬすべての絆《ほだ》しから解き放たれ、難行苦行までは叶わずとも、我が脚で、西行さまの境遇に一歩でも近づけたなら、どれほど清々しいことでしょう。

少女の頃から、さような世界に憧れを抱く娘に、もしかすると、父は何やら危うい影をご覧じて、案じてくださったのかもしれません。

改めて周りを見回せば、まだまだ、西行さまの世界はおろか、そこへ辿り着く途の糸口さえも、見えては参りません。

されどこの先、もはや何にも執着はするまいと、私は心に言い聞かせていたのでございました。

衆芳《しゅうほう》の巻

一

「お方さま。だいぶ日が長くなって参りました。草子を読むにも少しは楽におなりでしょうか」

夕方、いつものように音羽が灯を点しに来る。

「ええ。そうね。ありがたいこと」

答えとは裏腹な主の心を知ってか知らずか、音羽はそれ以上言葉を挟むこともなく、するすると下がっていった。

母の草子を開けない日は、既に三十日程続いていた。

五冊に亘《わた》る草子の、まだ一冊目さえ、読み終えていない。

しかし、書かれていたことの数々は露子には重すぎて、次の丁へ進む気持ちになれぬまま無為に日数が過ぎた。実兼からは幸いまだ何も言って来ないが、いったい実兼はこの草子に何が書いてあるか、推量もせずに自分に渡したのだろうかと、露子は父の心底も訝《いぶか》しんでいた。

母のしていたことは、決して肯定できることではない。上皇のお情けを頂戴しながら、別の殿方と密かに情を通じるなど。

父と母とを、慮外者、軽はずみと責めるのは容易《たやす》いことだ。鎌倉に力を奪われたせいか、京では退廃の風《ふう》が流行《はや》り、誰もが眉を顰《ひそ》める乱倫の多いことは確かだが、それでも天皇や上皇の想い人が他の男子と通ずれば、事によっては謀反の意ありと処罰されかねない。

とは言え、母に与えられた運命《さだめ》は、あまりにも苛烈を極めるように思われた。天罰とはいったい誰が下すのか、仏なのか神なのか、母の言を借りれば「この世の理《ことわり》」ということになるのかもしれぬ。されど、身を誤らぬよう見守ってくれるはずの父も母も失った、十七歳のまだ少女と呼んでも可笑《おか》しくないほどの女の身の上に起こった出来事は、「報い」というには哀し過ぎた。

自分を産んだせいで、母はかような宿命を負ったのだ。後悔したのではないか。もう、実兼のことも、産んだ娘のことも、忘れようと思ってしまったのではないか。「何にも執着はするまい」と書いている母の言葉に、露子は自分が棄てられたような衝撃を覚えたのだった。

そう言えば、母の日記には、男に対する恨みや怒りが感じられない。

露子の目には、後深草院も実兼も、決して良い殿方とは映らない。

上皇の立場にあった方をかように言うのは畏れ多いけれども、院は立場を利用して、大納言だった祖父の雅忠を動かし、母を我がものにしたとしか思われない。一方、幼なじみで既に恋人同様だった女人を奪われた父実兼の悔しさも分からなくはないが、雅忠の意が院に定まってしまった以上、奪い取って都を落ちるほどの覚悟がないなら、潔《いさぎよ》く引くのが真に相手を思う心ではないのか。自らの地位は守ったまま、無理矢理に忍び逢い、子まで成して、相手を結果的に追いつめるのが、男の真情《まこと》だというのだろうか。

かように思うのは、露子自身にそうした堰《せ》き止め得ぬ思いの経験がないからなのだろうか。それとも母は、男を責めることの虚《むな》しさを、十七歳にして悟ってしまったとでもいうのだろうか。

露子の考えは、再び、堂々巡りを始めてしまう。

自分は、父と母の、道理を超える熱情がなければ、この世に生まれてはこなかったのだ。父の手でこの世へ導かれ、密かに母の許から連れ去られた自分。行く先を探さないと誓わされた母。こうした子細など知りたくなかったという恨みがましい思いも湧いてきて、露子は草子の先を読むか読むまいか、迷った。

母は今どうしているのか。もはや思い出したくない娘かもしれないが、何不自由なく、大切にされて育ったと、せめて知って欲しいとも思う。

そのためには、やはり母がこの後どう生きたのかを、知るべきだろう。露子は思い定めて、久しく閉じてあった草子を開いた。

二

その頃院さまは、年頭にご祈願をなさったことがなかなか上手《うま》く運ばず、一方で弟君の亀山院さまが、新帝のご父君として政《まつりごと》をお執りになる礎《いしずえ》を確実に築いていかれるのを、大層悲観なさっておいででした。院さまには、新帝よりもご年長の皇子さまもおいでになるのですから、ご不快の強いのは当然と、傍《はた》で見ていても思いましたが、もとよりこうした行き違いは、なかなか解けることがございません。

「出家する。上皇の地位も返上しよう」

ある時、とうとう院さまは身を棄てて抗議しようとなさいました。御身を警護する者たちなどにも「最後の褒美だ」などと仰せになってあれこれと賜わり、次々とお暇《ひま》を出してしまわれます。

「出家の件を許すのは、以下の者のみだ。……」

ごく数名に限って、御自らお名指しをなさいます。

「……女房では東の方。二条」

仕える女たちの中では、皇子さまの母君である東の御方さまと私との二人だけが選ばれました。院さまのお辛いことをお悦びするわけではありませんが、かような形で出家の途が拓けるなら有り難いと、私は密かに嬉しう存じておりました。東の御方さまは、おおらかでお優しく、私とは気の合う方でもありましたから、ご一緒に穏やかな尼暮らしができるだろうとも思いました。

されど、院さまのご出家は、鎌倉の幕府による、仲裁とも裁定ともつかぬ計らいで、沙汰《さた》止《や》みになりました。院さまの皇子さま――東の御方さまがお産み参らせた――を次の皇太子とするよう、幕府が朝廷に働きかけたのです。

院さまの御所は一転して明るい空気になりましたが、私はなにやらそぐわぬ思いで、日々を過ごすことになりました。後々、幕府の動きの背景には、あの方の並々ならぬ尽力があったと聞いて、その思いはより強くなりました。

そこはかとなく身の置き所のない思いで過ごしておりましたある日、院さまのご用で、東二条院さまの御殿へ参ろうとすると、私の名札がありません。

御所には、院さまのおいでになる御殿と東二条院さまの御殿、それぞれの入り口に、出入りを許されている女たちの名札が掛けられてありました。前に参った時は、私の名は確かにありましたものを、いかなることかと様子が分からず、入るのに躊躇《ためら》っておりますと、訳知りの者が現れて「女院さまが、二条殿には今後一切、こちらの立ち入りは許さぬと仰せになっています」と申します。院さまのご用である旨を繰り返し告げても、女院さまご不快の一点張りで厳しく追い返されますので、私は大層情けない思いをして、院さまの御殿に戻りました。

院さまは、私の想像よりもずっと厳重に、女院さまの方へ苦情を申し入れてくださいましたので、私は嬉しうございました。また、その後は哀れとも思《おぼ》し召したのか、それまで以上に何かと私を引き立ててくださるようになりました。お世継ぎの件で気持ちが晴れ、気力も充実なさっていたのでしょう、この頃の院さまは、私にとっては頼りになるお方でした。

一方で院さまは、他の者にはお見せにならない秘事《かくろえごと》まで、私には明かしてくださるようになったので、何やら共犯者めいた間柄になることもございました。

ご寵愛を受けるようになった初めの頃は、院さまが貴賤さまざま、幾人もの女にお情けをかけ、しかもそれを私に隠そうともなさらないのを、「あれほど無体なさりようで私を自分の思い通りになさったものを、その上でかような仕打ちをなさるのか」とお恨み申したこともございます。されど、いつしかそうした日々にも慣れ、身の程を知る思いが深くなるにつれ、己の心をやり過ごす癖が付いたようにも思われます。また、この秋の哀しみ以来、私は心の奥には何やら大きな空洞《うつほ》でも生じたものか、見聞きするすべてはいずこにも響くことなく、ただひたすらそこに呑み込まれるごとくになっておりました。恨み妬《ねた》

み も所詮は儚《はかな》きことと、なにやら諦めたような風情で過ごしておりましたのが、院さまには他の女たちとどこか違って、心安い者と映っていたのかもしれません。

いつしか私は、まるで男の従者などがするように、秘密めいた間柄で様々なことをお手伝いするようになっておりました。その為に、尊いお方の思わぬ場面に出くわしたこともございます。

その日、院さまは珍しく母君の大宮院さまのお招きを受けて、嵯峨へおいでになるとのことで、女房では私一人がお伴をいたしました。近臣では、善勝寺の叔父や、西園寺の大納言などもお伴をなさっていたようです。御仲のよろしくない母君さまですが、お世継ぎの件もあって、少しはこちらの院さまにも良い顔をなさろうというのだろうかと、私は傍で少々出過ぎた邪推をしておりました。

嵯峨の御殿にはその時、大宮院さまの他にもうお一方、品《しな》高き女人がおいでであリました。院さまには異母妹にあたる方で、愷子《やすこ》内親王さまと申し上げます。この方は、院さまと同じく、亡き後嵯峨院さまのお血筋の姫宮さまですが、母君はご身分があまり高くなく、また早くに亡くなったということでした。

この姫宮さまは、前には斎宮《さいぐう》をお務めになっていました。処女《おとめ》の内親王が、一切の男性を遠ざけ、神に仕える者として暮らすという、あの伊勢の斎宮でございます。愷子さまは、十年もこの伊勢の斎宮をなさったお方でした。

神々しいお務めは終えられたのに、いかなる子細か、なかなか都へお戻りになれないと聞いておりました。頼りになる身寄りなどがなくていらしたのでしょうか。先日、漸く戻られて、大宮院さまへ帰京のご挨拶にいらしたとのことでございました。

ご滞在の一日目は、特に何ということもなく、院さまもゆっくりとお過ごしでした。お三方の対面の儀は明日ということになったようでした。

二日目の夕方、寝殿造りの御殿の南に面した大広間を開け放って、小几帳《こぎちょう》などを立て、お三方の座が設《しつら》えられました。初冬らしく、黄と薄緑の枯野襲《かれのがさね》を着てお伴して参りました私は、ここでは魔除けの太刀《たち》を捧げ持つ役を仰せつかって、院さまの座のすぐ後ろに控えておりましたので、姫宮さまのご様子がよく見えました。

御歳は、二十歳を少し過ぎた程と伺っておりましたが、長いこと神のもとにお過ごしだったせいか、いくらかお若く見えます。整ってお美しい容貌は、なるほど、お戻りが遅くなったのは、神さまがこのお方を手放したくなかったからであろうかと思えるほどで、喩えるなら盛りの桜とでも申しましょうか。十一月《しもつき》に紅梅襲をお召しになるという、季節外れの装束は、少々いただけませんでしたけれど――気を配るべきお仕えの者たちが、皆揃いも揃って同様に弁《わきま》えぬ衣装を着ておりましたから、それについては大目に見て差し上げるとして――このお美しさでは、きっと院さまの良からぬ御心が動くに違いない、神さびて世慣れぬ姫宮では、院さまの手練《てだ》れにかかってはひとたまりもないかもしれぬと、我なから先走ってお気の毒に存じておりました。

大宮院さまも院さまも、長きに亘る伊勢の生活についてお尋ねになり、労《いたわ》りの言葉をおかけになって、対面の儀が終わり、お三方ともそれぞれのご寝所へお戻りになります。

「我子《あこ》。どうすれば良いかな」

ああ早速、と私は思いました。院さまのお顔は悪戯《いたずら》っ子のように輝き、小鼻が時折ぴくぴくと動きます。人でも物でも、目新しく面白いと心惹かれると、院さまの小鼻は知らずに知らずにぴくぴくと動くのでした。

「かようなことで宛にできるのは我子《あこ》だけだ。頼むぞ」

ご機嫌が良い時や、内緒の頼み事をしたい時は、院さまは私のことを我子《あこ》とお呼びになります。私の返事など待つまでもなく、院さまはすぐさま姫宮さま宛の文をお書きになりました。薄紙に麗しく書かれた文を懐にして、私はこっそりと姫宮さまのご寝所を窺いました。

どなたもすっかりお寝《やす》みのようで、私に気づく者もおりません。不用心な、これでは不届き者が何を仕掛けてきても対応できまいと、自身が不届き者の手先であることを棚に上げて、姫宮さまがおいでと思しき奥へ足を踏み入れました。

「宮さま。姫宮さま。院さまのお側《そば》に仕える者です」

「え……」

「院さまは、宮さまの面影に焦がれて、一睡もできずにおいでですわ。せめてどうぞ、この文をご覧になってくださいませ」

薄明かりに見る姫宮さまの顔は、ほんのり紅く染まってお美しうございましたが、お言葉は一言もありません。お文も開いてくださらないので、私は少々困りました。

「何とお返事申し上げましょう。お気の毒なくらい、恋い焦がれていらっしゃいますのに」

「思いもかけぬことゆえ……何とも……」

何か気の利いた歌の端句でも仰《おっしゃ》るかと思ったのですが、姫宮さまはぼんやりとなさって、そのままお寝みになってしまいます。仕方なく、そのまま院さまの許へ戻りました。

様子をあらあら申し上げると、院さまはすぐ装束をお解きになって、下にお召しの単衣《ひとえ》と大口袴だけという軽い出で立ちになってしまわれます。

「すぐ案内《あない》せよ」

こういう時はとてもお止めできるようなことでもないので、私はすぐに仰せの通りにいたしました。

再び参りますと、やはり目を覚ます者はありません。院さまを姫宮さまの几帳の内へお入れして、私はすぐ脇で控えました。傍らには、宿直《とのい》務めの側仕えが眠っておりましたので、身体の向きを同じうしてそっと横たわりますと、その女が寝ぼけ眼でこちらを見ます。

「あら、あなた、どちらの」

「ええ、大宮院さま付きの者ですわ。こちらで人手が足りないと伺いましたので、宿直のご加勢に参りました」

几帳の向こうの侵入者にも気づかず、その女があれこれと大宮院さまのことを尋ねたりし始めたので、私は面倒になって、「眠たいですわ、お寝みなさいませ」と寝たふりをしてしまいました。女もすぐにまた寝息を立て始めました。

静かな夜でございます。薄い几帳一枚の隔て、聞くつもりはなくとも、怪《け》しからぬ気配が伝わって参ります。

「あ……」

ずいぶんあっけなく、姫宮さまは院さまに靡《なび》いてしまわれたようでございます。私は何やら興醒めでございました。もう少し気強く抵抗して差し上げたら良いのに、これではつまらないわなどと思っていると、院さまがお出ましになります。

「いかがでした」

ご寝所へ戻る途すがら、つい私も余計なことを問うてしまいました。

「うむ。時季遅れの桜は、見た目は華やかだが、枝がもろくて折れやすい。興に乏しいのう」

酷いことを仰せになる、とは言え、やはり私の思ったとおりだった、これではきっと姫宮には先々お気の毒なvarどと思いつつ、欠伸《あくび》をなさる院さまの脚など揉んで差し上げていると、すやすやとお寝みになってしまいます。私も妙に間の抜けた気持ちになり、いつしか眠りに落ちてしまいました。

三

翌日はご滞在の最後の夜、宴ということで、酒、肴、趣向、皆念入りにお支度をいたします。善勝寺の叔父は賑やかなことの好きな性分ですから、院さまも重宝がって何かとお命じになります。

姫宮さまはお酒は上がられないとのことで、空の盃で形ばかりのご臨席ですが、大宮院さまは、殊の外お好きらしく、お酌をするよう機嫌良く仰せになり、私へも盃をくださいます。

「二条。この盃をまず西園寺へ渡して、そなたが酌をせよ。なみなみとな」

突然、院さまが大きなお声でそう仰って、ご自分が飲み干された大盃を私の前にぐいと突き出されました。ご口調に少々難詰するような風がありましたので、近臣の方々は何事かと幾らか身構えたようです。西園寺殿は初めは当惑したようですが、大盃を受け取ると、後は平然として目八分《めはちぶん》に捧げ持ちました。

「おやおや、美女を差し向けてのご指名ではやむを得ませんな、西園寺殿。ぐっといかれよ、ぐっと」

善勝寺の叔父が剽軽《ひょうきん》に振る舞って、その場は何となく収まり、順々に盃がやりとりされました。私は、自分の気の回しすぎだったかとほっとしておりました。

それからは、めいめいに琴や琵琶《びわ》、笛などの合奏、さらには今様歌など、しまいには院さま自らもずいぶん良い機嫌でお歌いになりました。また、大宮院さまの少々愚痴めいた述懐を院さまが余裕で右から左と受け流す様など、拝見していて面白いこともございまして。

お開きの盃を回す時には、院さまが御自ら、今度は叔父にまず盃を取らせました。恭《うやうや》しく頂く叔父の盃に酒を注ぎながら、院さまは横目で西園寺殿の方をじろりと——ええ、見間違いではございますまい、ほんの一瞬ですが、明らかに鋭い一瞥でございました——ご覧になります。

「実兼は美女の酌だったからな。羨《うら》やましかったろう。ま、そなたは私の酌で我慢せよ」

叔父は目を白黒させながら飲み干していましたが、私は生きた心地もなく、西園寺殿

——あの方のお顔を見るゆとりなど到底……。

「さ、寝《やす》むぞ。皆、少々飲み過ぎだ」

ご寝所へ戻ると、院さまが「腰を揉んでくれ」と仰いますので、丁寧にいたしました。

「背に乗って良いからな。強めにやってくれ」

お小さい頃に患われたとかで、院さまは、お疲れがすぐ腰に出てしまうのです。揉んで差し上げつつ、私には気がかりでならぬことが二つ、ございました。

「姫宮のことなら聞かぬぞ。もう面倒だ」

私の心の内を見透かしたかのように、院さまが投げやりに仰せになりました。

「さりとて……お気の毒ではありませんか。後朝《きぬぎぬ》の文も……」

院さまも私も今朝は寝坊してしまい、後朝のお文を差し上げたのは日もずいぶん高くなってからでございました。あちらはさぞご心痛でいらしたでしょう。

「構わぬ。手折りやすき花など、放っておけ。それより我子《あこ》。少し身体を浮かせておくれ」

そう仰ると、院さまは私の身体の下で、器用に御身の向きを変えられました。小柄でいらっしゃるので、どうかすると甘えん坊の少年のように見えることがございます。私は上身を引き寄せられ、院さまに覆い被さる形になりました。

「良いと言うまで、こうしておれ。離れることは許さぬ」

院さまの腕が私の背を強く締めました。

気がかりのもう一つは、口に出さぬ方が良いのだと思うことにいたしました。

予期したとおりお気の毒なことに、その後姫宮さまへは、お出ましどころか、お文もほとんどありませんでしたので、あちらでは大層お嘆きになったようです。一箇月《ひとつき》以上も過ぎて、もはや十二月《しわす》も中頃に、いくら何でもと私が差し出口をいたしまして、――あちらの養母と名乗る尼君さまから、私がずいぶん恨み言を言われたり、渋る院さまを宥《なだ》めて、姫宮さまをこっそりお車でお連れしたりなど――見苦しいことが様々ございました。

罪深さを重ねて、はや年の暮れ、物憂さは深まるばかりでございました。実家《さと》へ帰るのもままならず、このまま御所で年の改まるのを待つだけかと思っておりますと、今年最後の院さまの夜伽《よとぎ》には、東の御方が呼ばれておいでになります。

何にも執着はするまいと期したはずの心底とは裏腹に、訳の分からぬ霧が胸に立ち込めて参ります。どなたにも顔を見られまいと、逃げるように局《つぼね》へ籠もろうとしますと、入り口近くでどなたか、人目を避けるようにそっと佇《たたず》んでおいでになります。

脇をすり抜けようとすると、その人は私の袖を捕らえました。

「夜も更けましたね」

あの方でございました。

「まあ、こんなところへいらしては。いつから」

「あなたがいつ戻るか、分からなかったからね。夕刻から、ずっと立っていた。中へ入れてくださるね」

もうこの方にはお逢いせぬ方が良いと思っておりましたのに。私の心弱さは、どうしたことでございましょうか……。

あちらへもこちらへも、互いに恨みも哀しみも積もる、年の瀬の逢瀬でございました。

四

前斎宮《さきの》、愷子の名に、露子は微かに思い当たる所があった。

少女の頃に親しんだ物語には、伊勢の斎宮、賀茂の斎院をお務めになる姫宮のお話が幾つもあった。世俗から離れ、すべての男子を遠ざけて、女子だけで神に仕え、社《やしろ》の森の奥深く住まうという姫宮は、露子にはまるで天女のようだった。大勢のお見送りに付き添われ、京から伊勢へ向かう斎宮一行の大行列を描いた絵巻などを見ると、月へ帰るかぐや姫はかようなものだろうかと思ったものだ。

現実には、露子が生まれてからこれまでの四十年近く、斎宮の伊勢群行は一度も行われていない。愷子内親王の次に斎宮になった皇女は、確か一度も伊勢へは赴かぬままその務めを解かれ、その後は誰とも決まってはいないと聞いている。賀茂の斎院はもうずいぶん前に途絶えているので、本当に伊勢へ赴き、神にお仕えになった姫宮というのは、この世のものではない清らかな存在と思われていた。

その特別な姫宮の名が、なぜか橘の邸で出たのは、確か露子が結婚し、息子も生まれた頃のことだったように思う。

「亡き斎宮さまのご供養も頼む。例によって、内密だが、手厚くな」

「かしこまりました」

実兼がしばらくぶりに訪れ、養父の久永と何やら相談をしていたのを、聞こうと意図したわけではないのだが、漏れ聞いてしまった。かような相談はたいてい実父実兼の秘事と、露子も察するようになっていたから、知らぬふりをするのが通例だったが、「亡き斎宮さま」という言葉がなにやら甘美に謎めいて聞こえて、どうしても後から尋ねないではいられなかった。

「養父《とと》さま、斎宮さまとは、あの伊勢の斎宮さまのことでしょう。養父さまが何かなさるのですか」

「これは露さま、立ち聞きとははしたない。もうお子さまもおありになる落ち着いた女人がなさることでは」

苦笑いをした養父だったが、その頃は成人した娘の様に安心もしていたのか、秘事の片端くらいなら、時には口に出すこともあった。

「前斎宮さまの、十三回忌を営みます。はやそんなになるかと思いましたが。大殿さまの方でも所縁《ゆかり》があることなので、手配を頼まれました」

所縁があると言って内密に久永が手配をしていれば、当然好色《いろ》めいた話も含まれるのであろうと、露子は驚きを隠せなかった。

「まあそれでは、大殿さまは、斎宮さまにも通っていらしたのですか」

「うむ、ま、そういうことです。露さまより年少の姫もあったのですが、亡くなりまして」

苦笑いの後少し迷ったような顔をしていた養父は、やがて露子に向かって真面目な調子で言った。

「露さまは、女人ですし、ご自身のこともあるからあまり良い気はなさらないでしょうが。しかし、大殿さまは、誠実なお方です。一度関わりを持った女人のことは、できる限り大切になさる。暮らし向きのお世話なども手厚くなさいます。今時亡き斎宮さまの十三回忌など営もうという方は、他においでにならないでしょう」

では私の生みの母さまは、と問いたかったのに、その時の露子にはそれが言えなかった。露さまだってかように大切にされているでしょう、余計なことをしつこくお尋ねになってはいけません、と暗に諭されているように思われたからだった。

母、二条。前斎宮、愷子さま。

後深草院と実兼は、双方の女人と関わっている。

母の書きようでは、院は斎宮をいともあっさりと見捨てたらしい。実兼が関わったのはその後ということになるのだろう。実兼は、斎宮と院の関係を知っていたのだろうか。

知っていたに違いない。

知っていたからこそ、斎宮に情を通じたのだろう。

なぜ、と分かるほど実兼の意を忖度《そんたく》できるわけではないが、露子には確信のようなものがあった。

「お方さま、大殿さまのお越しでございます」

まあ選《よ》りに選《よ》ってと思ったが、良い機会だから幾つか尋ねてみたいと、露子は身構えた。

廊下を、「いえ、あれが近江で、私は音羽でございまして」と音羽の当惑する声を従えて歩く音がする。実兼は鷹揚に「うむうむ、そうか」などと頷いているようだ。

「ようこそお出でくださいました」

「うむ。どうだ。息災にしておるか。先触れもなしに済まぬな。近くまで来たので、急に思い立った」

円座《わろうだ》にゆっくりと座った顔を見た。母の書き物の中の「あの方」。自分をその手で取り上げたという父。

「どうぞ。私も大殿さまにお尋ねしたいこともございまして」

「何だ。答えられることは答えようが、昔のことは覚えているかどうか、怪しいのう」

「ええ」

何から尋ねようか戸惑ったが、まず口を衝《つ》いて出たのは、このところの最大の疑問だった。

「後深草院さまとは、どのようなお方だったのですか」

「ううむ。どのようなと言われてものう。それは、二条の歌と何か関わりがあることか」

「あ、いいえ。されど皇統に関わるようなことは伺っておいた方が、後々の為かと存じまして」

実兼はふん、とため息を吐いた。

「そうかもしれぬな。ま、勅撰の儀を進められるのが伏見院さまであるからこそ、二条の歌ももしかしたら日の目を見るかと思ったくらいだからのう」

そう言って、実兼はこの頃の複雑な皇統の事情をおおよそ語ってくれた。

上皇による執政、いわゆる院政が通常化したのは、「意のままにならぬは天下に三つ——賀茂川の流れ、賽子《さい》の目、延暦寺の僧」の言葉で知られる白河院の時代、もう二百年ほど前のことである。白河院の言葉からも伺えるように、年若な天皇が御位に即《つ》き、その父あるいは祖父にあたる上皇が後見をするこの形では、当然上皇の意向が何かにつけて強く働くことになる。後深草院の父、後嵯峨院は、正妃大宮院との間に儲けた男子のうち、年長の後深草院をまず天皇とし、自ら政を執った。後深草院はこの時まだ四歳であった。

やがて後深草院が十七歳になると譲位させ、十一歳の亀山院を次の天皇とし、政の実権はそのまま後嵯峨院が保ち続けたという。

「まあそれでは、後深草院さまはあまり……」

「うむ、面白くなかったろう。儂《わし》が院さまとお近づきになったのはその頃だった。まだ儂もほんの子どもだったが……」

母の書き物にもあった通り、後嵯峨院、大宮院とも、年長の後深草院ではなく、なぜか弟の亀山院ばかりを大切にしたらしい。

「後深草院さまはご幼少の頃、お身体があまり丈夫でなくて、乳母に甘えてばかりいらしたそうだから、ま、実の母君としては複雑なところもあったのかもしれぬ。それはともかく、ご兄弟の仲がいよいよ難しくなられたのは、後嵯峨院さまが五十をお迎えの時だった」

後深草院の四歳になる皇子をさしおいて、亀山院の皇子でまだ二歳になったばかりの方が、次の皇太子として定められたという。

「それが今の後宇多院さまでいらっしゃる。後嵯峨院さまが亡くなられた後には、当然のように亀山院さまが執政なさったから、後深草院さまのお嘆きは大変なものだった」

幼少の頃母から疎まれ、少年期をずっと父に抑えられて過ごし、成年になったら弟にすべてが譲られている。権力の欲は露子には分かりにくいものの一つだが、それでも、後深草院が嘆いたのは無理からぬことと思われた。母の書き物にあった、禍々《まがまが》しい血の経文に込められた恨みはいかばかりだったろう。

「それで大殿さまは、鎌倉にお働きかけをなさったのですか」

露子の問いに、実兼は少々不快そうな顔をした。

「何、さようなことまで書いてあったのか、困ったものだな、ただの歌の書き付けのようだったが。うむ、まあ儂もいろいろ考える所もあってのう」

鎌倉の幕府から、ご兄弟のお血筋の間で、ほぼ十年をめどに交互に皇位を継承し、院政も交互に担うよう、裁定があったというのは、母の書き物にあったのとおおよそ同じことであった。ただ、その経緯《いきさつ》に実兼自らがどう関わっていたのかについては、とぼけているのか本当に忘れてしまったのか、父は言葉を濁しがちであった。

「だからこの頃でもさように動いておる。後宇多院さまの次に天皇の御位に即かれたのは後深草院さまの皇子、ええと、そうそう、伏見院さま。以後、多少のずれはあっても、交互に継承なさっている」

「それは分かりましたが……それと勅撰の儀とはどう関わるのですか」

「ああそれか。そなたもひととおり歌の学問は修めたであろうから察しが付くのではあるまいか。いくら勅撰が優れた歌を集むると申しても、やはり人間のすることだ、政の力に左右されずにはすまぬ。そなたの生みの母御は後深草院さまの宮廷の華だった女人ゆえ、亀山院さまのお血筋が天皇の御位に即いておいでの時では、なかなか撰には入りにくかろう」

当今《とうぎん》の天皇さまは後深草院さまの御孫、政を執る伏見院さまは御息。代替わり遊ばしたのは、つい先頃のことである。

「勅撰の儀を行うのは、院政を執る『治天《ちてん》の君』の威勢を世に示すものだ。伏見院さまは、ご下命なさりたくてうずうずしておいでだろうよ。あのお調子者の為兼も喜んでいるだろうし」

実兼は少々面倒臭くなってきたのか、あまり深読みをせぬで良い、適当な歌を選ぶだけで良いぞ、と言って腰を伸ばすようにした。

「あの、もう一つだけ。母さまの母さまというのは、四条家の方なのですね」

兵部卿の祖父、善勝寺の叔父の所縁を確かめたくて、露子は慌てて付け加えた。

「うむ。確か後深草院さまの乳母をしていた女人だ。何と呼ばれていたかな、典侍《ないしのすけ》など務めていた者だったか……ああいかぬな、この頃人の名や所の名がどうもすっきりと思い出せぬ。何にせよ、ずいぶん前に亡くなっているはずだが」

もう良いかと言いながら、実兼は立ちかけた。娘の細かい問いに些《いささ》か閉口している風だった。

「昔はの。そなたをいずれかの宮廷へ出すことも考えないではなかった。今になってみれば、それはやはり、為さずに済んで良かったのう、二条のことを思うと」

「それは、どういう意味でございますか」

ふと漏らされた言葉に、露子はつい父に詰め寄った。

「いやいや、大した意味はない。そう儂に詰問調で迫るな、来辛《きづろ》うなるではないか。せっかくここではゆっくりできるかと思うておったものを」

迎えが来たようだ。従者の咳払いが先刻から何度か聞こえる。

「どこもかしこも、どうも儂の周りの女子は物事を突き詰めて申すので叶わぬ。もちっと柔らかに、そっとしておいてくれぬかのう」

ため息混じりの軽口を残して、実兼は出て行った。

問いたいことはまだまだ沢山あったのにと、露子は牛車《くるま》が動き出す音を聞きながら思った。ただ、後深草院の少々風変わりな性格については、いくらか分かるような気もしてきた。二条の母が院の乳母であったと言うなら、幼少の頃に甘えた女人の面影もあって、無理無体なご寵愛のなさり方もあったのかもしれぬ。

――後深草院さまの宮廷の華。

期せずして、父から出た母への評が、露子の手に次の丁をめくらせた。

五

建治《けんじ》元年と、年の名も改まりました。

新春に儀式のうち続くのは毎年の嘉例のごとくですけれど、つい私が羽目を外し過ぎ、騒ぎになったことがございました。

正月十五日の粥杖《かゆづえ》の風習は、儀式と言うよりは、言い伝えに倣《なら》った遊びのようなものでございます。古くは枕草子にも「皆乱れてかしこまりなし」と記されるほど、町の民から宮中に至るまで、無礼講になるのが常のこの遊びに、私は東の御方さまと示し合わせて少々悪戯を企んだのでした。

この日は皆、粥を炊くのに用いた薪の残りを取り、杖のように削って、めいめい得物《えもの》にして手に持っております。元々は、この杖で女子の尻を打つと身籠もるとの縁起物でございますが、まだ髪も上げぬ女童《めのわらわ》や、反対にとうに白髪の媼《おうな》となった者、果ては男子の尻まで打ったりして、互いに囃し立てては笑うのでございました。皆この日のことはよく承知しておりますから、夜が明けますと各々背後に用心をして過ごします。

この年の御所では、予《あらかじ》め組に分けて狙う相手を定め、また引き出物を用意などして、粥杖打ちはまるきり競技となっておりました。それはそれで面白うございましたが、女房たちには、少々悔しいこともございました。

互いに狙う者は打ち果て、座も散々に乱れた頃になって、院さまが、近臣たちと謀って女房を一人ずつ捕らえ、名を呼び上げてはお打ちになったのでした。殿方たちの居並ぶ前に尻を突き出すような姿勢で捕らえられ、ぴたりぴたりと杖を当てられるのですから、中には恥ずかしさに泣き出す者もございました。

「あれではまるで聞き分けぬ幼な子のごとき扱いですわ。折檻《せっかん》されたようではありませぬか」

「さようですわ。必ず仕返しをいたしましょう、いかがでしょう御方さま」

「よろしくてよ、二条さま」

あまりのなさりように一矢《いっし》報いようと、私と東の御方さまとで、熱を入れて打ち合わせを繰り返しました。

三日後の十八日、殿方が「先日は面白かったね」などと話しているのを尻目に、二人で幾人かを指図して、院さまを待ち伏せいたします。さようなこととは思いも寄らず、すっかりお寛《くつろ》ぎになっていた院さまが大口袴だけのご油断なお姿でおいでになりましたので、いくらか大柄な東の御方さまが院さまの御身を捕らえ、私は心ゆくまで院さまのお尻を打ちました。助けに参ろうとした殿方もあったようですが、他の者たちにお通しせぬよう申しつけておいたので、院さまにはお味方がありません。

ざいました。頬が紅潮し、小鼻がぴくぴくと動いておいでになります。

「すまぬ、すまぬ。許せ許せ」

ひいひいと息を切らせながら、私に懇願なさる院さまを見るのは、畏れ多くも面白うございました。

「二度となさらぬとお約束くださいますか」

「ああ、分かった、分かった。誓う、誓う」

強引にお約束を頂戴してその場は終わったかに見えましたが、院さまの方の悪戯心も並々ではありませんでした。今度は近臣の方々の居並ぶ前で、私を「かの騒ぎの首謀者にして、恐れなくもこの玉体に杖を当てたる不届き者」と厳《いか》めしく名指しして、「二条殿のお局に少しでも所縁のある者は皆、償《つぐな》いの品を何か必ず差し出せ」とご命令になったのでした。

もとより遊びでございます。春に相応《ふさわ》しい気の利いた品を、誰がどれほど差し出すか、それはそれでまた御所の耳目を集める宴となりました。善勝寺の叔父、兵部卿の祖父、西園寺殿などが、私の母方に連なる者として、名を挙げられておりました。

小袖に太刀、金銀砂子の紙、瑠璃《るり》の盃、白銀《しろがね》の手箱、沈《じん》の香木、麝香《じゃこう》の塊《かい》……果ては牛や馬などまで献上されました。

独り、父方の所縁として名指しされた久我《こが》の祖母、亡き父の継母の尼上だけは、「こちらでは知りませせぬ、不憫とも思いませせぬ」とつれないご返答をしたというのが、私には侘びしく興醒めでございました。久我の血筋を正しく受け継ぐのは、むしろ私なのにと、縁遠くなった実家の様を、腹立たしく恨めしく思う気持ちもあったかもしれません。

ただそれを、お調子者の叔父が「さようさよう。むしろ、亡き久我大納言殿との所縁と仰せられるなら、現在二条の主であり、育ての親同然でもあらせられる院さまこそ、償いをなさるべきでしょう」と面白げに言いくるめて、院さま自らにも盛大な償いを用意させたのは、なかなか気の利いた応酬で、面白くも有り難くも存じました。

かように、院さまもご機嫌の良い頃だったからでしょう、この三月《やよい》には、珍しい催しもございました。

これまで御仲のよろしくなかった亀山院さまが、こちらの御所をご訪問になるというのです。聞けば、ご兄弟の仲がよろしくないことから、お世継ぎを始めとする様々のことで朝廷が揉め事を起こすのを、大変不都合なことであるからどうにかせよと、鎌倉の幕府からご進言があったようでございます。ご兄弟の仲睦まじいところを幕府に示そうということだったのでしょう。

せっかくの機会なので管絃やご酒宴のみならず、蹴鞠《けまり》なども行われることになり、お支度で忙しくなりました。当日、亀山院さまのお側で給仕を務める大役を、私は仰せつかりましたので、晩春に相応しいようにと、蘇芳《すおう》と紅を重ねた華やかな樺桜《かばざくら》の衣を調《ととの》えました。

無論、院さまの特別のお許しもあり、こたびの正装の唐衣《からぎぬ》は、青でございました。

いよいよ亀山院さまがおいで遊ばしますと、どちらが上座に座るかで、ご兄弟が互いに譲り合っておいでだったのは、源氏の物語の藤裏葉《ふじのうらば》の巻を現実に作ったようで、雅《みや》びやかだと皆さまが口々に褒め讃えましたが――互いに積年のお恨み募る御心の内の内は、さていかばかりでございましたでしょう。

当日は恙《つつが》なく務め終えましたが、それ以来亀山院さまから度々文を賜わるようになったのは、困ったことでございました。

いかにせんうつつともなき面影を　夢と思えば覚むる間もなし
「どうしたら良いでしょう。先日お逢いしたあなたの面影が、まるで覚めない夢のようにいつまでも目の前にあって離れないのですよ」

紅色の薄紙に認《したた》められた、あまりにも好色めいたお文ですので、お返事をするのさえ躊躇われましたが、かと言って尊いお方からのお便りを全く無視するというわけにもいかず、次のようにはぐらかして申し上げました。

うつつとも夢ともよしや桜花　咲き散る程と常ならぬ世に
「夢でも現実でも、桜はいずれ散るもの、それがこの世というものでございましょう」

亀山院さまの方ではいかがお思いになったか分かりませんが、罪深い身の上に、更なる憂き名を流すのは、私の本意ではありませんし。

六

今思いますと、この頃の、幾許《いくばく》からうらうらとしていた院さまの御所の風情に、私も己の罪深さを迂闊《うかつ》にも一時《ひととき》忘れ、浮かれておりましたのかもしれません。己が身に深く関わる、更に罪深い宿命が、すぐそこにまで来ておりましたのに、気づくこともなく日々ただ刹那《せつな》に、過ごしていたことでございます。

事の始まりは暑さの名残厳しき八月《はづき》、夏の疲れでしょうか、院さまがご体調を崩された頃でございました。食が細り、嫌な汗をしきりとかかれてご不快の続いた院さまは、医師《くすし》を呼んで灸など据えさせておりましたが、九月《ながつき》に入ってもなかなかご快復の兆しがないので、さる高名なお坊さまをお呼びして、大がかりな修法《ずほう》などをなさいました。

このお坊さまは、院さまには異母弟にあたられるお方でございます。もともと皇族にお生まれという尊いお血筋に加え、七歳から仏門に入り、私のような女の身には思いも及ばぬ様々な修行を重ねてこられたお方ですから、そのご祈禱には優れたお力があったようです。院さまはご病気がいよいよ耐え難くなると、この方をお呼びになりました。

お生まれもお育ちも尊いお方だからでしょうか、風貌も大層清らかで、物腰も柔らかく、何より青々と剃刀《かみそり》を当てたお頭《つむり》が、お美しくておいででした。御所の女たちの中には、この方に「有明の月」と麗しい綽名《あだな》を付けて呼ぶ者もいるほどでした。

このお方、有明さまに私が初めてお目にかかったのは、この三月、法華八講《ほっけはっこう》の時でございました。院さまがお堂へ入られている間、控えの間でお待ちになっていた有明さまが、私にお声をおかけくださったのでした。

初めは亡き父のことなどをお話しくださり、思いがけぬ昔語りに出会って嬉しう存じておりましたのですが、途中から何やら様子がおかしくなりました。私の袖をとらえて、「こんな私になってしまっては、御仏も怪《け》しからぬとお思いになるでしょう。そなたが美し過ぎるのが罪作りです」などと泣くばかりに仰せになるので、お返事もいたしかねて、院さまがお戻りになったのを幸い、袖をそっと離して何気ない風を取り繕いました。

それ以来、院さまのご用に託《かこ》つけては、こっそりとお文などをくださるので、私は困っておりました。はぐらかしたりお返事しないでいたりすると、お文が重ねて次々と来るだけでなく、尽くされるお言葉がどんどん多く、長くなっていくのです。これまでは誤魔化すこともできましたが、こちらの御所へお越しになってご祈禱をなさるのでは、顔を合わせないというわけにも参りません。

案じた通り、修法が始まりますと、院さまのお使いで私は度々有明さまのお側近くに伺うことになりました。その度に「お返事を、お返事を。せめて一言だけでも」とお責めになります。困り果てて、髪を結っていた紙縒《こより》を一つ解き破って、そこに「夢」と一字だけ書いて、置いて出て参りました。

　再びご用を申しつかりまして、恐る恐る参りますと、何かばさりと私に向かって投げつけられたものがあります。驚いて拾い上げますと、樒《しきみ》の枝でございました。よく見ますと、葉に歌が書き付けてあります。

　　樒摘む暁起きに袖濡れて　見果てぬ夢の末ぞゆかしき
「仏に供える樒を摘みながらも、私の法衣の袖はそなたを思う涙で濡れてしまうのです。この先いったいどうなってしまうことでしょう」

　このなさりようがいとも優雅に思われました。罪深いと思いつつも、この後、ついつい有明さまのご様子が気がかりになってしまったのは、今思えば宿縁でございましたでしょうか。

　御所でのご祈禱が始まって幾日か経った頃、有明さまが直接申し上げたいことがあるとかで、院さまの居間へお越しになりました。

「院さま。長引いてしまって、お気の毒なことです。ご祈禱の力を強めたく存じます」

「ああ、それは有り難い。ぜひ頼みたい」

　院さまは物憂そうに仰って、どうすれば良いかとお尋ねになりました。

「本日、夕刻の勤行《おつとめ》が始まる前に、身に着けておいでの物を、何か一つ、こちらへお寄越しください。それを用いて修法いたしましょう」

「分かった。二条に持たせよう」

夕方、院さまの御衣《おんぞ》を携えて、私はご祈禱の広間へ参りました。

「お伺いいたしまする」

お声をかけて中へ入りますと、お伴の僧侶などはどちらへ下がったものか誰もおらず、有明さまが一人きりでおいでになるのでした。

「あの、御衣は、どちらへお納めすればよろしうございますか」

「祈禱所の脇の、私の局へ運んでください」

仰せに従ってお局へ入りますと、あかあかと灯が点いています。己の影が揺らめくのにどきりとしながら御衣を納めていますと、影が一段と大きく揺らぎました。

「恋の闇路でも、御仏は照らしてくださりましょう」

いつのまに入っていらしたのか、ご祈禱の装束を脱ぎ捨てた柔らかいお姿で、有明さまが泣きながら私にしがみついておいでになります。困ったことになったと思いましたが、騒ぎになっては互いに立場がないと思いましたので、必死の思いでお耳許に囁き入れました。

「御仏の。仏さまの御心を、お考えくださいませ」

「構わぬ。そなたの為になら私は罪人になります」

有明さまは局の隅に私を引き据えたまま、どうしても離そうとはなさいません。

「ご祈禱の時刻でございます。ご祈禱の時刻でございます」

お伴の僧たちが列を正してお廊下を歩んで参ります。

「夜のご祈禱の後に。必ず、必ず逢ってください」

涙ながらに急いで装束を調えて出て行かれるお姿を見送って、そのまま茫然としておりますと、護摩《ごま》の香が立ち込め、鈴《れい》の音が静寂《しじま》を破ります。不動明王のご真言が身を震わすほどに薄闇に響き渡って、まるでただ今の出来事など何もなかったかのようにご祈禱が始まりました。これでは何をご祈禱なさっているか分からぬなどと恐ろしいことをぼんやりと考えておりましたが、愚かしいことに、この手をとらえていた有明さまの涙にくれたお顔が、もはや私の心にひたひたと添って、離れなくなっておりました。

魅入《みい》られたとでも申しましょうか。その夜、私はふらふらと引き寄せられるように、有明さまのお局まで参りました。ご祈禱が終わって、辺りは静まりかえっております。

「よく来てくださった、よく来てくださった。おいでがなければ、どうしようかと思っていました」

はらはらと涙をお流しになる有明さまに正体なくこの身を任せつつ、秋の短夜《みじかよ》が慌ただしく過ぎて参ります。

「これを取り替えてください。私はそなたをずっと肌身に感じていたいのです」

お取り上げになったのは、私が肌に着ていた衣でございます。

「代わりに、これを着ていってください。そうして、必ず、必ずまたこちらへ来てください」

有明さまは、ご自分のお召しになっていたのを、私に差し出されました。否と申しようもなく、仰せのとおりに、その衣を身に着けました。

罪重なる身には、これまでにも幾度となく聞いた、明け行く空の鐘の音でございますが、引き別れ行くお方の戻る先に、御仏がお待ちになっているというのは、私も初めてでございました。恐ろしくも忘れがたい思いで、一人自分の局に戻って横になりますと、今取り替えられた衣の褄《つま》に、何やらかさこそと乾いた音がいたします。

うつつとも夢ともいまだ分きかねて悲しさ残る秋の夜の月
「この一夜は夢か現実か、分からぬままにただ別れの悲しみだけが残っています」

縫い目の隙に押し込められた紙に、かようなお歌が書かれておりました。いつのまになさったかと、お心の深いのも身に染みまして。

二十日余に亘るご祈禱の日々、私はまるで傀儡《くぐつ》の術に操られる人形のごとく、夜な夜な人目を避けて有明さまのお局に参りました。

「もはやすべては棄て果てたく思う。そなた、私と共に、かなたの山深く逃げてはくれぬか」

最後の夜になりますと、有明さまは麗しいお頭《つむり》に妖しい筋を上らせながら、私に誓いをお求めになりました。お答えするのさえ、恐ろしくおぞましく。さりとて不思議に慕わしい思いを残して、有明さまは御寺へお戻りになって行かれました。

物思いは、数も重さも加わりつつ、いつしか年も暮れたことでございました。

残月《ざんげつ》の巻

一

——恐ろしい。

なんと、おぞましい。

露子は総身に震えを感じた。思わず自らの手で、我が二の腕を撫でていた。首筋をぞわりとしたものが覆うようだ。

後深草院の異母弟で、仏門に入られ、法親王と呼ばれた方は幾人かいるらしいが、院の許へ参上して大がかりな修法《ずほう》を行った方というなら、御室仁和寺《おむろにんなじ》の阿闍梨《あじゃり》のことに違いない。

単なる高位の僧侶ではない。変事があれば、鎮護国家、怨敵退散、種々《くさぐさ》の総意を一身に負って修法を納める、朝廷を守る仏法の代弁者とでも言うべき存在である。

露子はまだ幼かったのであまりよく覚えてはいないが、三十年ほど前、しばしば蒙古《もうこ》が我が朝《ちょう》の海を脅かそうとしたことがあった。その折には、名だたる御寺《みてら》、御社《おんやしろ》で大がかりな修法が行われた。蒙古の船は暴風雨に遭って、一夜にして近海から消えた。それらは国を挙げての修法が功を奏したからだと、都の者は皆信じている。

都から外へは、せいぜい物詣《ものもう》でや寺社くらいしか出かけたこともない露子にとって、異国の船の脅威と言われても、空を覆う嵐雲《らんうん》のようにしか思い描くことができないが、御室の阿闍梨の存在の大きさなら理解できる。皇室に生まれ、ごく幼い時に出家し、厳しい戒を守り修行を重ね、やがて真言の法王となり、法力《ほうりき》を以て朝廷に仕える、尊き異形《いぎょう》のお方。常人の理解も想像も超えた力を持つ存在として、朝廷の主上《うえ》や院とは異なる方角から、この世、いやかの世までをも統《す》べている方である。

さような方を、母の二条は破戒の途《みち》へと迷わせてしまったというのか。

戒をひたすらに守り、徳を高く保ち続けた僧侶ほど、破戒した時の怨念は深く執念《しゅうね》い。とりわけ破戒の契機が女人にあった場合、その執着と恨みとは、己と相手、双方の身を滅ぼしても消えぬと聞く。

それまで身に溜め込まれていた法力が、すべて悪縁へと向かって蕩々《とうとう》と流れ出すのだから、関わった女はただでは済まされない。

真偽の程は知れぬものの、角爪《つのつめ》長き僧形の鬼が女の亡骸《なきがら》を抱えていただの、邸の奥で頓死した女の衣に、袈裟《けさ》に巻かれた人の腕がしがみついていただのという話は、しばしば都の民の噂に上る。不審な死を遂げた若い女人が住まう邸の屋根に、烏《からす》が黒々と集《たか》っているのを見て、天狗と化した僧侶が眷属《けんぞく》を従えて現れたと囁く者もあった。

祈禱の護摩の香が妖しく残る中で、美しき高僧に夜な夜な犯される母の姿を思い描いて、露子は身震いが止まらなくなった。

——何故、何故かように。

母の存在もまた、露子の理解を超えてしまう。

上皇や阿闍梨、確かに、これら高位の人々から望まれてしまえば、なかなか自分の意は通せまい。相手に恥をかかせれば、畢竟《ひっきょう》自分の立場も危うくなる。宮廷へ出て人と交わる難しさとはそうしたところにあるのであろう。しかし、母の身の処し方にはどこか、そうした宿命に自ら進んで身を投じていくような、危うさが感じられてならない。

それが二条という人の生き方そのもののせいなのか、深い陶酔の最中にさえ、ふと醒めた眼を覗かせるようなこの書き物の文章のせいなのか、露子には分かりかねた。

されど、母を翻弄する様々な殿方たちのありようをおぞましいと思いながら、どうしようもなく興味を惹かれている自分がいることも事実だった。少女の頃、源氏や狭衣《せ》の物語を読んだ時よりも遥かに深く妖しく、母の書き物は続きを続きをと、露子の心を急きたてる。

火影が揺れた。春雨の温気《うんき》を含んで風が流れてくる。

刹那《せつな》、有明の阿闍梨と共に魔の淵に沈む母の幻を見たように思いながら、露子は続けて丁をめくりたい欲望に身を委ねた。

二

御室へお戻り遊ばされればそれまでであろうと、夢見心地に思っておりましたのに、有明さまのお側《そば》に仕える稚児《ちご》がたまたま善勝寺の叔父の遠縁だったらしく、そちらの伝手《つて》を頼っては度々、長々しきお文をくださいます。あの時限りとお思いくだされたいと当惑しつつ、お目にかかる機会もないから良かろうかと、ごくたまにだけ、お返事を差し上げたりなどしておりました。

儀式の華となったり、密事《みそかごと》のお伴をしたり、また互いに思い切れずに、あの方と忍び会ったり。相も変わらぬ有様で、日々が空しく過ぎて参ります。

気づけば、御所へ参りましてはや十五年、何の為にこの世におりますことか。

九月《ながつき》のことでございます。この春夏は後深草院さまと亀山院さまがご兄弟で様々な催しをなさって、御所は何かと忙しく、実家《さと》に下がる間もなく過ごしておりましたが、秋になって少し暇ができますと、善勝寺の叔父から文がございました。

「数日お暇は取れませんか。私の縁続きの者で、お仕え叶うお邸などを探したいと申す女たちがおります。皆あなたの話を聞きたがっておりますので、ぜひ。ご都合の良い時を報せてくれれば、車を遣《や》ります」

この叔父は、今の私にとっては唯一と言って良い、心の許せる肉親でございますので、折を見て暇をいただきました。

叔父の差し向けてくれた車は、見慣れぬ方角へと進みます。このあたりにも叔父に所縁《ゆかり》のあるお邸などがあったのだろうかと物珍しくて、物見窓を開けて眺めておりました。どうやら出雲路というあたりへ来たようで、男女で一対を為すという道祖神のお社が見えますのは、何やら艶《なま》めかしい気がいたします。

引き入れられるままに車を下りますと、どなたの邸の離れなのか、静まりかえって人の気配もいたしません。叔父の縁続きの女などという者もいるようには見えませんので、訝《いぶか》しく思っておりますと、微かに咽《むせ》び泣くような声がします。誰だろうと思ってふと身を乗り出すと、御簾《みす》から転《まろ》び出てきた白い影が、私にしがみつきました。

「ああ」

叔父に謀られたのだと気づく間もなく、有明さまは私をお褥《しとね》に引き倒し、訳の分からぬことを必死で呟きながら、性急に交わろうとなさいます。聞けば、「離さぬ。離さぬ」と仰せになりつつ、合間にはご真言を唱えておいでなのでした。

観念した私は、震えておいでになる美しいお頭《つむり》をそっと胸乳《むなぢ》へ引き寄せ、唇を押し当てました。お身体の力が少し抜けたのが分かり、その後は人並みの男女のようにしばし、時を過ごしましたが——これはどうしても今宵限りとお思いいただかねば、互いに身は滅び、後々の世までも人々の語り草にされてしまうだろうと、私は思い定め、誓いをお求めになるお言葉には決してお返事をせずに、夜明けをひたすら待っておりました。

明け方になると叔父が密かに訪れ、まず有明さまを車にお乗せしようとしているようです。

「ああ。これでまたいつ逢えるか分からぬ」

掻き口説き泣くばかりで、なかなか立とうとなさらぬ有明さまを、叔父が御簾越しにひたすら説き伏せておりますが、有明さまは私の方を向いたまま、叔父の言うことに耳を貸そうとはなさいません。

「かくばかり恨めしき短夜《みじかよ》の逢瀬。院さまの許へ戻れば、そなたはすぐ私のことなど忘れてしまうのであろう」

私はもう何を言う気も失せて、脱ぎ散らされた自分の衣に、腕を投げ出して横たわっておりました。叔父は半ば呆れ果てているのでしょう、脅したり宥《なだ》めたりの言葉が聞こえて参ります。

「善勝寺、その言葉に偽りはなかろうな」

叔父は何やら誓いを立てさせられたのでしょうか、それも恐ろしいと思いながら、私は背を向けておりました。

「そなたは見送ってはくれぬのか。せめて、せめて簾越しで構わぬ。次はいつとも知れぬものを」

切なるお声でしたが、とてもお見送りなどする気にはなりません。「頭が痛みまするゆえ……」と、起きあがりもせず背を向けてしまいました。泣きながら出て行かれる気配がします。

車に乗り込まれたらしき音を聞いて、姿勢を変えてみますと、私の衣の袖に、有明さまの涙の落ちた痕《あと》があります。かほどに心を残していかれたかと、つい哀れに思うのも、罪深い私の心弱さでございました。

叔父が何を考えているのかと思うと不快でなりませんが、とりあえず車を頼んでこっそりと御所へ戻り、自分の局《つぼね》に籠もります。人に知られぬよう、気配を消すようにして臥しておりますと、有明さまの美しいお頭、唱えられたご真言、泣きながら幾度となく思いを遂げられるご様子などがまざまざと蘇《よみがえ》るようで、恐ろしくてなりません。

折も折、昼前になると、綿々と恋々と、様々なお言葉が尽くされた長い長いお文が届きました。世慣れた殿方とは異なり、きっとこの言葉の数々に嘘偽りはないのだろうと思うのも、一層恐ろしく思われます。

最後の一行には、何の技巧もないお歌が、乱れた薄墨で書き付けてございました。

悲しとも憂《う》しとも言わん方ぞなき　かばかり見つる人の面影

「悲しいともつらいとも言いようがありません。短い一夜の面影を追うばかりです」

もうお目にかかるまい、お文のお返事もするまいと思ったのですが、なかなか気強くもいられず、歌一首のみを書きました。

変わるらん心はいさや白菊の　移ろう色はよそにこそ見れ

「言葉をどう尽くそうとも、人の心は変わります。互いに何もかも忘れてしまいましょう」

この後は、幾たびお文があっても、私は気を強く持って、お返事を一切差し上げずにおりました。叔父がやたらと有明さまにご同情申し上げて、あれこれと策を弄するのも、思慮のないことと一蹴し、忘れるつもりで御所で過ごすうち、この年も暮れて参ります。

「お文でございます」

側仕《そばづか》えの者が参ります。またかと少々げんなりして受け取ろうとしますと、こたびのは、一段と大きな包みで、何やら様子が違っております。

開くと、叔父の添え状がございました。

「ともかくも、これはそちらへお渡しします。かほど思い詰めておいでになっては、もは

やいた し方ありますまい。哀れと思って柔らかに応じて差し上げなさい。こちらまで恨まれては敵《かな》わない、畏れ多い。頼みます」

何事だろうと見ますと、常のような柔らかいお文ではなく、正式の書状のように固く四角ばった大きな体裁で、大層分厚くなったのを、上下、確乎《しっかり》と糊で封じてあります。ばりばりと音がするのも仰々しく、少しずつ指で押さえながら開きますと、夥《おびただ》しい烏の姿が印形《いんぎょう》で押してあるのが見えました。熊野権現さまのでしょうか、他の寺社のものもあるようですが、牛王《ごおう》宝印というものなのでした。身を守る護符としても、裏に誓いや祈りを記して神仏に奉る、起請《きしょう》のための紙としても用いるものです。

黒々と集《たか》る烏が私に向かって羽ばたきそうにも見えて、ぞっと思わず翻して、私は気を失いそうになりました。

不動明王　　愛染明王　　孔雀明王
馬頭明王　　閻魔大王　　烏枢紗摩《うすさま》明王
帝釈天《たいしゃくてん》　　大梵天
毘沙門天《びしゃもんてん》　　吉祥天

歓喜天《かんぎ》　牛頭天王《ごず》　大自在天

右《み》諸《ぎ》王諸天に誓い、願い奉る。

我、七歳にして仏門に入りしより、難行苦行を以て御仏に仕え、国家民衆の為に奉ず。女性《にょしょう》に身を触《ふ》るるなど思いも寄らぬことにてあれば、この身には諸王諸天も憐れみくださるるかと精進す。されど、思いの外のあさましさにて、いかなる魔縁か、儚《はかな》き面影に焦がれて二年、すべての勤行は熱き涙と変ず。同じ心にてあるかと頼みしが、否とお答えありし故、泣く泣くこの世での縁は諦め申すとて、誓言《せいごん》遣わす。夢の契り、到底忘れ難ければ、我、悪道に堕つること違いなし。想い尽きることもなし。我が法力を以て魔淵に堕ち、あの世の魔境にて、いかにてもおいでを待つ。


墨黒々と、この他にも長々、諸国諸処、諸神諸仏の御名を書き連ねて、破戒の侘びしさ、思い焦がれるお胸の内を、幾枚もの護符を用いて綴ってあります。いつしか総身が震え出して止まらず、私は必死で一枚ずつ折りたたみ、丁寧に集めて元の形に戻しました。

とても手許になど置けません。お返しするしかありません。何も書かずにお返事すれば、またどうなるかも分からないと思い、せめてお心を鎮めていただきたくて、一首だけ添えてお返ししました。

　今よりは絶えぬと見ゆる水茎《みずぐき》の　跡を見るには袖ぞしおるる

「以後は拝見もできぬと思う御筆の跡を拝見して、涙で袖が濡れることでございます」

　その後は一切お文が来なくなり、放心のうちに年が改まりました。

　新年のご挨拶に有明さまが御所へおいでになった折、院さまから「阿闍梨殿のお越しである。二条に給仕を」と命じられましたが、御名を伺った途端に私は昏倒してしまいました。そのまま十日以上も病みつきましたのは、やはり何かの因果でございましたでしょうか。

三

　恐ろしかった記憶もようやく薄れ、陽気もうらうらとして参りました頃、こちらの院さまと亀山院さまとで、綺羅《きら》を尽くした遊びの応酬がございました。

　発端は、ご兄弟でなさった弓の競射だったようです。負け方は、自分の御所の女たちを勝ち方に披露するという、私たち仕える者には甚だ厄介な賭をなさり、こちらの院さまが負けてしまわれました。

院さまは、女たちを披露するご趣向について、近臣たちといろいろご相談なさったようです。

「整列させるだけでは面白くない」

「一人ずつ御前に進み出るというのも、まるで人相見《にんそうみ》を招く時のようで、曲がない」

「源氏の物語、胡蝶《こちょうのまき》巻の六条院を真似て、皆を舟に乗せるのはいかがか」

「悪くないが、舟を仕立てるのはなかなか大事《おおごと》」

例によって殿方は面白がり、あれこれと言い合っていたようですが、最後に決まったのは、私たちにとっては大層恥ずかしい仮装の案でございました。提案したのは資季《すけすえ》大納言殿と聞き、いかばかり皆で後からお恨みしたことでしょう。

御所の橘のお庭に蹴鞠《けまり》の面を仕立て、蹴鞠童の装束をさせて並ばせようというのです。

「まあ袴を穿《は》いて小太刀《こだち》を差して、沓《くつ》も履けなんて。まるきり男童《おのわらわ》の格好ではありませんか」

「戸外での催しの上に、夜ではなくて昼だというではありませんか。白拍子でもあるまいに、なんという恥ずかしい真似を」

女たちは皆口々に不満を言っておりましたが、院さまのご沙汰では仕方ありません。結《ゆい》髪《はつ》から水干袴《すいかんばかま》の捌《さば》き方に至るまで、男装束を調《ととの》えるにあたっては、御所での席次に応じ、殿方が一人ずつ、幾日も前から後見と称して側に控えるというのも、何やら猥《みだ》りがわしいような。

私の後見は西園寺殿が務めてくださいました。

着る順序が常と違い、また衣を袴の内に着籠めるのは妙な感じがいたしました。水干袴は薄藍色、上には紅の袿《うちき》を着ました。西園寺殿は装束を源氏の若紫巻で詠まれた光源氏の歌の趣にするといって、左の袖には香木を岩の形に縫いつけ、その上から白い糸で滝を象《かたど》った刺繍をさせていました。右の袖には桜の花びらをびっしりと。袴にも、滝壺を模して岩、水の流れ、散りかかる花びらを描いておりました。

さような大仰な出で立ちで、全身では「吹き迷う深山《みやま》おろしに夢さめて　涙催す滝の音かな」の歌の景を表すことになったのですが、はたしていかように見えた事でありましょう。

そういえば、言い出し者の資季大納言殿が後見した女子《おなご》の衣装は、左袖に白虎楼《びゃっこの》、右袖に桜、薄萌黄《もえぎ》色の袴には左に竹、右に燭台で、全身では「西楼《せいろう》に月落ちて花の間の曲中殿に燈《ともしび》残って竹の裏《うち》の音《こえ》」という和漢朗詠集の詩の趣と伺いました。他の者も似たり寄ったりで、これが二十四人も並ぶのですから、なんとまあ酔狂なことでございます。

鞠を初めに蹴上げる役を皆が嫌がって宴が滞ったり、両院、殿方が居並ぶ前に飾りの鞠を持って進み出て名を呼び上げられたりと、賑わしくこの日は過ぎましたが、亀山院さまが男童姿の私をそのままお側にお引き留めになり、しばらく傍らでお酌を務めさせられたのは、晴れがましくも恥ずかしいことでございました。

痴《し》れたる騒ぎは、まだお終いにはなりませんでした。よほど興を覚えられたのでしょう、両院は二度、三度と競射をなさり、二度目は亀山院さまの負け、三度目はこちらの院さまの負けでございました。

亀山院さまの方では、姫宮さまのお一人を、五節《ごせち》の舞姫に仕立てる趣向をなさいました。公には十一月《しもつき》に行われる五節のうち、豊明節会《とよのあかりのせちえ》を模して、お仕えする女たちには舞姫に付き随う童女の姿をさせ、近臣の方々にも乱舞など舞わせ、実際に節会で行われる儀式を幾つも真似ばせておいでになって、こちらも大層華やかなご趣向と拝見いたしました。

これくらいになさればよろしかったのに、こちらの院さまが三度目を、更に更に面白くと欲張ってお考えになったことが、私にとりましては、返す返すも口惜しい出来事の始まりでございました。

三度目は所を伏見の御所へと移して、源氏の物語の若菜巻、六条院の女楽を真似ようとのことでございます。光源氏を院さま、ご子息の夕霧《ゆうぎり》大将を亀山院さまがそれぞれなさり、以下、こちらに仕える者で、物語の女君に則《のっと》り、琴《きん》、箏《そう》、和琴《わごん》、琵琶の合奏を務めることになりました。七絃の琴はもう二百年以上も前から奏法が不明になっており、弾ける人もおりませんので、代わって十三絃の箏を二面に、とのことですが――このご趣向には、私は初めから何やら気の進まぬ所がございました。

しばらく前から、私は祖父の兵部卿と少々気まずくなっておりました。

祖父が何かというと、その頃御所に上がったばかりの自分の末娘を、花形に仕立てようと画策するのが、私には目障りでならなかったのでございます。

この新参者の女は、血筋から言えば母の異母妹ですから、私にとってはあちらが叔母、こちらが姪ということにはなりましょうか。されど、出自の家格にせよ、御所での席次にせよ、私が遠慮せねばならぬことは一切ないはずでございます。

祖父は末娘可愛さのあまりか、御所での様々な私のお役をこの新参者に譲るように横槍を入れたり、何かと私に力添えしてくれる叔父の善勝寺につらくあたったりするので、私は辟易しておりました。

さて、いよいよ女楽のお役が申し渡されますと、予《かね》て思いの通り、私には明石の君になって琵琶を弾けとのご沙汰。明石の君はゆかしい女君ですけれど、他の方に比べると身分家柄が格段に劣るのが、父を失ってから何かにつけ不自由を感じないではない私には、役の上とは言え、どうにもつらいことに思われました。

紫の上には東の御方、明石の女御《にょうご》には西の御方――この方は太政大臣《おおきおとど》通雅《みちまさ》さまのご養女です――、そうして案の定、出自も高き内親王の女三宮の役には新参者――鷲尾《わしのお》などと、それらしく気取った名で出仕しておりましたでしょうか――を、とのことでございます。

琵琶は幼い頃から習っておりましたし、九つの時からは院さま直々の手ほどきを受けておりました。十の時には、亡き後嵯峨院さまのお祝いの席で弾いたのが御目に留まり、宮廷に伝わる名器を下賜されてもおりました。されば、私が琵琶を仰せつけられるのはやむなきことではありますが、新参者が女三宮で箏をというのが気に入りません。

この末娘は祖父の期待を背負い様々な教養を仕込まれ、中でも箏は得意としているらしうございます。一方、東の御方の和琴、西の御方の箏は、日頃あまりお心を入れてなさっているわけではないと伺っております。なれば、祖父は、新参者に、腕前でも席次でも上位を占めさせて、評判を取ろうと謀っているのでございましょう。

かように祖父の魂胆《こんたん》が透けて見ゆるからには、当日は気の重いことといったらございません。それでも、叔父の心尽くしで調えられた装束を着けて、参上だけはいたしました。設《しつら》えられた席に着きつつ、ああこれは祖父がいらぬ口出しをせねば良いがと、まずそれが気がかりでした。院さまのお席を上座に見て、まず紫の上と明石の君が向かい合い、その次に明石女御と女三宮が向かい合う形になっております。これですと、私の扮する明石が、新参者の女三宮を右隣の下座へ見ることになるのです。

御所での席次からすればこれが順当でしょうが、役柄の格からすると、相応しくありません。どうなることかとついつい俯《うつむ》きがちに、琵琶の調絃にも心の向かぬ有様でおりました。

別室で両院、殿方がご酒宴をなさる賑やかな音をよそに、他の女君方は糸を調べ始めます。右隣から聞こえる箏の音が、殊更に得意げに響き、糸が弾かれる度に私の心はささくれだっていくようでございました。

「こちらの座はどうなっている」

祖父の声です。様子が気になって見に来たのでしょう。私は目を閉じてしまいました。

「これはよろしくない。女三宮が上席に着くべきであろう。座り直せ」

座を見るなり、祖父は大声で申します。向かいの御方々も困惑しておいでです。

「いや、しかし。席次については院さまのお指図で、かようにと伺っております」

気に掛けていてくれたのでしょう、叔父と西園寺殿が後から参り、祖父の背後から声をかけているようです。

「いやいや。かようなことは、物語に正しく則るからこそ趣があるのだ。女三宮は内親王なのだから。それに、鷲尾は二条の叔母であるぞ、遠慮して然るべきだ」

声高に主張して譲らない祖父に、叔父も西園寺殿も為す術がありません。ここで院さまのお指図がいただければ良いのでしょうが、亀山院さまとのご歓談はまだ続いているようです。

正しく則るというなら琴《きん》を弾いてみせたら良い、叔母、姪などと言われて遠慮する筋合いはないと、心中口惜しく思いつつ、私は黙って席を替わりました。

亡き後嵯峨院さまから賜わった琵琶は、気の進まぬ弾き手の思いを映してか、一向に糸の調子が合いません。四絃の響きは乱れるばかりです。私は琵琶を抱えて立ちました。

「二条さま……」

心配そうにこちらを向いてくださった東の御方さまにだけ、目でそっとご挨拶をして、滑るようにその場を退出しました。

局で独り、琵琶と向かい合い、晴れの席に心ゆくまで奏でて差し上げられなかったお詫びを申しました。

「お許しくださいませ」

一の糸を外すと、びいん、と哀しい音がして、楽器が応えてくれたように思いました。私はその糸を鋏で二つに切り、白い紙に丁寧に包んで、院さまへのお詫びの文に認《したた》めました。

「院さまからお尋ねがあったら、これを差し上げておいて」

側仕えの者にそう言って、私は逃げるように御所を出ました。

　数ならぬ憂き身を知れば四つの緒も　この世の外に思い切りつつ
「身の程を思い知りました。大切な琵琶も、この世ではもう手を触れぬことにいたします」

四

「お方さま。お邪魔をして申し訳ありませぬ」

そろそろ寝《やす》まねば目も痛むと思いつつも、母の書き物に読み入っていて、露子は音羽の軽い足音を聞き逃していた。夕刻に灯りを点しに来てくれたばかりだから、はや寝んだものと思いこんでいたせいもある。主が熱心に草子の丁を繰っている様子に、音羽は恐縮したようだったが、それでも敢えてこちらへ入ってきた。

「いかがした。大殿さまでもおいで遊ばしたか」

それにしては時刻も遅い、車の気配もせぬようだがと尋ねた。夫を亡くして以来、露子の気儘な日々の静けさを破るのはそれくらいだった。息子なら、文や言伝《ことづて》もなしに現れることはない。

「いえ。それが」

言い淀むのを見て、露子はもしやと思った。

「例の下僕か。何か言うてきたのか」

亡き夫に仕えていた者は、ほとんどに暇を出したが、老爺には他に身寄りもないらしいことを聞いて、そのまま邸に留め置いた。今では庭の世話や、息子とのたまさかな文の遣いなどを命じている。

「それが……五条の女が、死んだそうにございます」

――死んだ？

「いつ」

「五日ほど前とか。直々に、お尋ねになりますか」

――死んだ。

「いや。今は、良い」

音羽はこちらを見ないようにしながら下がろうとした。

「待て。何故《なにゆえ》かは、聞いたか」

「はい。怪我がもとで、ここしばらく病みついていたそうにございます」

「怪我」

「物詣でに参って、石段から落ちたとか……詳しうは、分かりませぬが」

「さようか」

それぎり押し黙った主を見て、音羽も同じように押し黙って下がっていった。

高らかに、嘲笑《あざわら》う声が響く。

己の口から出たものかどうか、自分でも定かでないが、その響きは止まなかった。

独りになった几帳《きちょう》の内で、露子は忘れていた黒い塊が胸の内に頭を擡《もた》げて、それ見たことかと毒づいているように感じた。

——どうせなら、女本人でなく、娘が死ねば良かったものを。男に死なれ、忘れ形見の子まで亡くせば、女は嘆き、己が身も心も喪《うしな》うだろう。顔も知らぬその女が、苦しみ、嘆くのを見たかったと思った。

忘れていたのではない。忘れたふりをしながらも、胸の底のいずこかの淵に、かような酷い報《しらせ》を聞きたいとの欲が静かに蜷局《とぐろ》を巻いていて、それで、いつまでも「もう探らぬで良い」と老僕に告げずにいたのかもしれなかった。

——狂ったのではなく、死んだのか。

それでも良い。さぞかしこの世に執着を残したことだろう。幼い女子を残してでは、さぞ辛かろう。

——当然だ。当然の報いではないか。

見て見ぬふりで通した日々を思い出した。その女の許で脱いだのかもしれぬと思いながらも、黙って繕った、小袖の綻び。いつ女に触れたのかもしれぬと思いながら、子が欲しさに受け入れた、夫の身体。

物詣でに行ったのだという。何を願おうとてか。また誰か、良い殿方にでも見初められようとてか。

かつて、いずこの寺社も露子の願いを聞き届けてはくれなかった。験《げん》あらたかと音に聞こえる寺社は、たいていいずこも、聳《そび》えるごとき石段の上にある。一歩一歩上がり、どれほど熱心に願っても、露子には女子は授からなかった。恨めしい石段だった。

その石段で負った怪我が、女の命を奪ったと言う。

背中が震え始めた。涙が袖に落ちる。露子は自分が笑っているのか泣いているのか、分からなくなった。

……玉櫛笥《たまくしげ》　ふたたび逢えば　蓋《ふた》も身も　身を抓《つ》めば　身に涙添い　涙添えば
　鏡し曇り　曇りては　己が身窶《やつ》れ　身窶れば　殿御退《しりぞ》き……

いつのまに寝入っていたのか、起きると目蓋《まぶた》や頬にぼってりとした感触があった。むくんで醜くなっているのだろうとは、鏡を覗いてみないでも知れた。簾から差してくる光の筋をぼんやりと見て、露子は己の心を持て余した。

到底許せぬと思う。夫も、女も。されど、人の死の報に接して思わず快哉《かいさい》を叫んでしまった己の心も、一夜明けてみれば疎ましい。

女童《めのわらわ》が手水《ちょうず》の支度を調えてきた。手を水に浸し、濡れた白布であちこちを拭い、頬と目蓋に当てて、しばらく凝《じっ》としていた。

——忘れよう。

もはや、何の関わりもない。

露子は頭を振った。中に砂でもあるようだ。他のことを考えたかった。さもなくば、「す、ま、ぬ」と言った夫の最期の顔が蘇ってきそうだった。

――夫は、念仏合掌して、極楽浄土へ逝ったのだ。

そう思いたかった。

五

御所を出ると、どこへ参ろうか思案にくれました。実家も乳母の許も、およそ安《やす》んじていられる場所ではありません。所縁のある寺などでしばし過ごしましたが、長くいられそうな所と言えば、以前にも籠もっていた醍醐の勝俱胝院《しょうくていいん》しかないのでした。

隠れるように暮らしながら、せめてもの供養とお詫びにと思って、亡き父の生前の文などの裏に法華経を書き写したものを琵琶に添えて、石清水八幡さまへ奉納いたしました。

……世を憚るようなことにでもなったら、潔《いさぎよ》く仏の道に入りなさい。

父の遺言が聞こえるようでございました。

後々伺ったことでございますが、私がいなくなった後、祖父以外は皆私に同情してくださったとか。亀山院さまは、私が残した「数ならぬ」の歌を幾度も口ずさみ、院さまに所望して私の文をお持ち帰りになったとも聞きました。

ただ、私はすっかり祖父の怒りを買ってしまいました。「縁は切る。もう一切、後見も何もしてはやらぬ」とのことでございます。味方してくれた叔父だけが頼りでしたが、私と同様あまり祖父と上手《うま》くいっていなかった叔父は、祖父の策略にはまって大納言の官職を奪われてしまい、公の場に出られなくなっておりました。

叔父は隠れていた私を捜し出して訪ねてくれて、出家するつもりだと言いました。

「あなたの御所勤めを助けて差し上げることも、叶わなくなってしまった。亡き姉大納《だいな》言典侍《ごんのすけ》も、義兄《あに》雅忠殿も、さぞ頼りない弟とお思いだろう。有明さまのお恨みを受けてしまった因果だろうかと、密かに思わなくもないよ。言うても詮無きことかもしれぬが。あなたも気をつけなさい」

常は明るい人が沈んでいるのを見るのは、辛いことでございました。もとより有明さまのことは私の頭にずっとありましたので、そうかもしれぬと聞いておりました。

こうなっては、御所に戻ったとて、装束一つ調えるにも困るであろう、もはや未練もなし、叔父と同様に私も出家しようと心を決めておりましたのを、引き戻したのはあの方でした。何事にも聡いあの方は、叔父の立ち回り先を従者たちに見張らせ、私の居場所を突き止めて、訪ねておいでになったのでした。

「院さまが大層気に掛けておいでになります。兵部卿殿から憎まれたのは辛いでしょうが、私もできるだけのことはしますから、お戻りなさい」

私はお返事もせず、黙っておりました。

あの方は穏やかな調子で話し続けます。その形の良い口許を見ながら、この方の声はなぜいつもかように穏やかなのだろうなどと、ぼんやりとしたことばかりが頭に浮かんでおりましたが、あの方が最後に口にした言葉は、私を現実に引き戻しました。

「あなたが産んだ姫が、この春から病を得てしまってね。陰陽師《おんみょうじ》に問うたところ、あなたとの所縁に因るものだと言うのですよ。一度、お引き合わせします。ですから、どうか早まったことはなさらないように」

生みの母君が尼姿では、姫の前途に良くないでしょう、とさらに付け加えられた言葉が、私を繋ぎ止めました。ただ、御所へ戻るつもりはありませんでした。むしろ、姫の姿を一目見て、それを最後としようと思いました。

くれぐれも早まるなと言い置いて、夜も明けぬうちに、あの方は去っていかれました。

曙の空に、次第に小さくなるあの方の車を見ながら、昔、物語の姫君のように、自分をこの方が盗み出してくれれば良いのになどと、儚い夢を見ていたことを思い出しました。

打ち付けに、歳を取ったように感じました。

ぼんやりとしているうちに夕刻になり、あちこちから勤行の声が聞こえて参ります。私も持仏堂へ参りました。齢《よわい》の推量も付かぬほど老いた尼の、目を閉じて細い声で経を唱えている様子がむやみと有り難く思われて、傍らへ座ろうとしておりますと、庭先の木戸が開く音がして、常とは異なる気配がいたします。

誰だろうと明障子《あかりしょうじ》を少し開けると、思いがけず、院さまの輿《こし》でございました。ごくごく限られた人数での密かな御幸《みゆき》です。

慌てて障子を閉める間際、輿を下りようとする院さまと目が合ってしまいました。

「なかなかの道のりだった」

そのままお堂へおいでになった院さまのお顔は、泣き笑いしておいでのように見えました。

従者たちに、輿を返して代わりに車を用意してくるよう仰せつけると、院さまは改めて私の方をご覧になります。

鐘の音が低く響きました。

「御所へ戻れ。この先、あのように辛い思いはさせない。兵部卿が恨めしいからと言って、私まで恨むのか」

「お恨みしてなどおりません。ただ、かような有様ではこの先、とてもお勤めは叶うまいと思いまして」

正直なところでございました。婢《はしため》や水仕女《みずしめ》ならいざ知らず、院さまのお側近く仕え、何事につけ華となるべき上臈《じょうろう》は、歴とした公卿《くぎょう》の家の後見なしには、とても続けていくことはできません。

「兵部卿がああいう者だとは。迂闊《うかつ》にも、気づかずにいたことだ。つい、弟にこちらの華やかさを見せようと、それればかり考えていた」

院さまはそう仰せになってしばらく俯《うつむ》くと、困った顔で私を一瞬見上げ、それから目を逸《そ》らして中空を見つめるようになさいました。

それが、院さまが謝っている時の仕草であることを、私は長くお仕えして存じておりました。

帝王としてお生まれになり、常に、真意はどうあれ、表向きは自分を持ち上げようとする者ばかりに囲まれてお過ごしの院さまは、「謝る」「詫びる」といった感情を人に伝えることを、大層苦手となさっています。と申すより、そうした感情をご自身が抱くこと自体に、慣れておいでにならないのでした。

「我子《あこ》。そなた私を捨てていくつもりか。許さぬ」

許さぬ。

この言葉に、いつも絆《ほだ》され、従わされてしまうのです。

私は再び御所へ戻ることになりました。

六

御所では何もなかったかのように、表向きはもとのような暮らしに戻りました。ただ、装束やお道具類の新調は当分できまいと思うと、どうしても物惜しみするような気持ちが生じ、ともすれば卑屈になっている自分に、嫌気が差してしまうことがありました。

いくら院さまが私にお情けをかけてくださっても、所詮主従の定めは悲しきもので、身の回りの細々《こまごま》までお縋《すが》りするわけには参りません。

あの方から聞かされた、娘のことも気がかりでしたが、一方では、手放すと思い定めて産んだ子に今更会うというのも未練がましいことだ、大切にしてくれている方があるのなら、自分は何も知らぬ方が良いのではないかとも思われて、自分からは何も言わずにおりました。

暇は取れませんか、とあの方から便りがあったのは、四月《うづき》の末頃のことでした。五月《さつき》の五日に乳母の所へ行く心づもりにしておりましたので、そのように申しますと、すぐに返事が参りました。

「五月は、陰陽師がこの子にとって良くない月だと言っています。この月のうちにほんの一時でも良いですから、来られませんか」

陰陽師の言葉など、時と場合によっては、ご自分の都合の良いように曲げてしまうほどの剛胆さもお持ちの方なのに、娘の為には細かく気になさるのだと微笑ましく、また有り難く思って、無理矢理に暇を頂戴しました。

当日、車に付き添って迎えに来てくれたのは、その昔、乳母の家で茨を切っていった、あの久永でございました。

「むさ苦しい所でございますが、どうかお出ましくださいませ」

案内されたのは、小体《こてい》ながら手入れの行き届いた邸でした。久永の住まいなのでしょうか。あの方は既に来ていて、車寄せまで私を出迎えてくれました。

「こちらです。さ」

御簾内に寝かされた幼な子は、後から思えば当然ですが、ずいぶん大きくなっておりました。可愛らしい紅梅色の小袖に包まれて、眠っております。髪の黒々として美しく、目鼻立ちのはっきりしたところは、あの夜の面影そのままです。

――自分がこの子を産んだのだ。

そう思うと、もうそれだけで訳が分からなくなりました。傍らには、絶えずゆっくりと扇を動かしながら、穏やかな風を送っている女がいて、私と目が合うと、曇りのない笑みを浮かべて、黙って丁寧に頭を下げました。

枕上には天児《あまがつ》が二体ありました。一体は紛れもなく私が作ったものでございます。もう一体は、この女が作ってくれたのでしょうか。

幼な子のすべすべと汚れなき頬に、少しく上気した赤みが差しておりますのは、熱のあるらしく思われました。手を添えたく身を乗り出そうとして、躊躇《ためら》いました。

私は、この手でやや子を育て上げたことがありません。この子を手放してまもなく、院さまの御子も亡くなりました。

以来、私は逃れられぬ煩悩妄執のただ中におります。愛すべき者とは縁薄く、思わぬ憎しみに出逢い、求めても得られぬものばかりに心が向かっております。

伸ばしかけた手を袖の中で止めてしまった時、幼な子は薄く目を開き、力弱くむずかって声を上げました。傍らの女が慣れた手つきで娘を膝の上に乗せ、布で小さな額を拭い、首筋を拭い、綿を水に浸して小さな口に含ませました。

「お寝《やす》みなさいませ。御母さまもおいでくださいました。安心して、お寝みなさいませ」

女は歌うように「お寝みなさいませ」と繰り返すと、私の方を向いて微笑みました。

「お抱きになりませんか」

娘を抱く女の顔は、この上なく慈愛に満ちておりました。少女の頃にいずこかのお寺で拝見した、吉祥天女《きっしょうてんにょ》の像を思い出しました。

「いいえ」

私の掠《かす》れた声は、女には聞こえなかったかもしれません。

——私は、この子に手を触れてはならない。

私は、この子の母ではない。私が、この子の母であってはならない。

頭の中は、その思いだけで一杯になっておりました。

「いずれは、どちらの御所へ上らせても恥ずかしくない娘に育てようと思っているよ。ただその際には、母親があなたであるとは明かせないから、北の方に無理を言うことになるが」

あの方はそんなふうに言って微笑んでいたようでございます。

私は何も申しませんでした。心の底では、御所などへ上がるより、この子にはむしろ家の女として平穏に暮らして欲しいと、切に願う思いが深くなっていたのですが、それは申し上げられませんでした。

この子の行く末に、私が関わってはならないと思いました。ひたすら、病の癒えることを人知れず祈ることだけが、唯一、私のできることだと。

もう二度と会うまいと心に固く誓って、私はその邸を後にいたしました。

七

人は、幼い頃のことを、いつから覚えているものだろう。

生みの母が自分の病床を訪れていたというのは、無論、初めて知ったことだった。二体あったという天児《あまがつ》のことも、残念ながら記憶にはない。ただ、露子には、もしかしてと思い合わされることがあった。

露子が大病をしたのは、建治三年の春、三度目の新年を迎えてしばらく経った頃だったらしい。春先に高熱を出し、その後も、治ったかと思うと微熱をぶり返す、厄介な症状が長く続いたというが、その最中のことは露子自身は覚えていない。

覚えているのは、おそらく体調が快復してからのことであろう、ある晴れた日、髪を洗ってもらった時のことである。

「そうか、露は髪を洗ったところか。それでは乾くまで動けぬな」

まだそれほど長くはならぬ髪を乾かす間、簾越しの日が射し込む廂《ひさし》に寝かされて、露子はうつらうつらしていた。

「申し訳ありませぬ。日柄も髪を洗うには吉と、陰陽師が申しましたゆえ……。この頃はご多忙と伺っておりましたので、まさかこちらへお出ましとは思いもよらず」

「よいよい。ご用の途中ゆえな、すぐまた出ねばならぬ。かような物を手に入れたので、他へ散らさぬうちにと思うて、持って参った。棚機《たなばた》の飾りにすると良かろう」

養母さまがお客さまと何かお話をしている、そう思いつつ、ぼんやりとしていた露子の目の前に、きらきらと光る物が差し出された。

「露さま、きれいでしょう。金銀の針に、五色の糸ですよ」

養母に糸の先を持たされて、露子は言った。

「きれいね。これ、ここへ来る天女さまに上げて良いかしら」

「天女さま？」

養母は訝しんだ。

「織女《たなばた》さまのことですね」

「ううん、天女さま。この間ここに来たでしょう。また来てくれるわね」

「ここに？」

「ええ。いらしたわ、露が寝ていた時に」


露子自身が覚えているのは、五色の糸を見て、「ここへ来る天女さまに上げる」と言ったことだけであるが、後に養父と養母は、その時のことを「露さまのところに弁天さまのお出ましがあった」と言うようになった。

七つか八つの頃に、養父は露子を西園寺の妙音堂へ連れて行ってくれた。西園寺家の別邸北山第にあるこのお堂を拝むことが叶ったのは、後から思えば実兼の計らいに違いないのだが、幼い露子はもちろん知る由もなかった。

「露さまのところへいらした天女さまは、琵琶をお持ちになっていたのではありませんか」

　琵琶を持つ弁財天の像を祀る妙音堂を拝ませながら、養父は幼い娘の夢うつつの天女を「きっとこの弁天さまだったのでしょう」と言った。露子はよく分からぬまま、養父がそう言うならそうなのだろうと思っただけだった。

　その天女は、母だったのではないのか。

　病身の幼な子の記憶に、枕辺に訪れた生みの母の姿など残るまいと思いながらも、「天女が来た」などと言うのを聞いて、養父母はいくらか慌て、しかし哀れに思ったのではなかったか。養母はともかく、養父は二条の素性を知っていただろうから、琵琶を持つ西園寺家所縁の弁天像に擬して、娘の朧《おぼ》ろな記憶を大切にしてくれたのではなかったか。

　ご下賜の琵琶を手放した弁財天。

　御所勤めの晴れがましさも侘びしさもともに十二分に味わっていた母は、娘には家の女として暮らしてほしいと書いている。実兼の気がどこかで変わったのか、あるいは政《まつりごと》の複雑さの中で時機を失ったのか、露子はいずこの御所へも上がらず、期せずして母の願ったとおりに生きたが、果たして「平穏」と言えたかどうか。

　押し込めたはずの蟠《わだかま》りが胸中に蘇りそうなのを、露子は他のことに目を転じて紛らわせた。

　生みの母は、養母の姿に「吉祥天」を見たと記している。

生涯、己で子を産むことのなかった養母は、慈愛のすべてを生さぬ仲の自分に注いでくれたのだ。その姿を生みの母がかような言葉で認めてくれていたことは嬉しかった。自分は、二人の天女によって病を癒されたのだ。

養母の顔が見たくなった。

そう言えばこの頃、養母とゆっくり時を過ごしていない。同じ邸内にいるというのに、生みの母の書き物に夢中になるあまり、念誦《ねんじゅ》の間で静かに過ごす養母のことをつい忘れがちであった。

養母には、この書き物のことは話していない。実兼の内緒事を助ける養父の姿が描かれているのを見つけた時、何とはなし、養母には見せまいという気になっていた。見せなくて良い。天児《あまがつ》のことだけは尋ねてみたい気もしたが、それでもやはり、自分が生みの母について、次第に多くを知りつつあることは報せなくて良いと思う。

その代わり、これを読み終えたら実兼に頼んで、養母を伴って物詣でに行こうと思いつき、念誦の間へ向かった。

八

この頃、近衛大殿《このえのおおとの》と申し上げた方は、当代の「一の人」と世に聞こえた重々しきお方です。摂政の重責を長らく務められ、また藤原氏の筆頭である氏長者《うじのちょうじゃ》として、一族を束ねる地位にもあるお方でした。亡き後嵯峨院さまの信頼も厚く、こちらの御所にも事あるごとに参上なさっていて、院さまも何かと頼りになさり、重大なことについてはこの近衛殿の意見を求めたりもなさいます。

この年の八月《はづき》に近衛殿が院さまの許へ参上した折、私は宴席の給仕に出ました。

「おや、そなたは行方知れずだと聞いたが。どちらにお籠もりだった」

齢《よわい》五十を迎えたというのに、お酒もお食事も他のお若い殿方よりずっと旺盛に召し上がり、ご健啖《けんたん》ぶりもこの上ない近衛殿は、ご立派な方ではありますが、私は少々苦手でございました。

何と申しましょう、威風堂々、見栄えも決して悪くはないのですが、私が日頃、院さまやあの方など、どちらかというと優しげな風情の殿方ばかり、目慣れていたからかもしれません。

いずこにおいでの時にもすっかりご自分が中心になった様子で、大きく高らかなお声で、ご存じのことを次々と得意げにご披露なさっては周りを見回し、堂々とした体軀を揺すりお笑いになるのが、どうにも耳障りな気がしてなりませんでした。その日も、あの六条院の女楽の時のことをしたり顔であれこれと述べ立てられ、祖父の兵部卿のことを「老いのひがみか。以ての外じゃ。慮外者よのう」などと決めつけた物言いをなさいます。

「いやいや、久我家《こが》の者とは志高きことよ、しかし琵琶を思い切ってしまったとは勿体《もったい》ないのう。されど、女子の芸にはやはり歌じゃ、歌。そうそう、亀山院さまの御所でも、二条の歌は語り草での。こちらの院さまがこうして行方を捜し出されたとは、重畳重畳《ちょうじょう》」

私の身の処し様や、院さまに残した文の歌などを、良きこととお褒めくださるのは有り難かったものの、度を超えては身の置き所もない気がいたしたことでございます。

この日院さまは、近衛殿からの願い出を聞き入れ、ご子息の権大納言殿に今様《いまよう》のご伝授をしようとお約束なさいました。

古《いにしえ》には単なる流行《はやり》の歌謡であった今様も、ただ今では優れた者が、同様に優れた者を見出し認めて、口伝えに秘伝を授ける、儀式もゆかしく由緒ある芸能になっております。権大納言殿はお若いながら才長《さいた》けた方でいらしたようで、院さまも快くご承諾なさったようでした。

近衛殿は――かような殿方にはよく見受けられることかもしれませんが――何事も思い立ったらすぐになさりたい性質なのでしょう、はや明後日と院さまに申し出られました。

「良かろう。ただこちらの御所ではいろいろうるさいことを申す者もいようから、伏見の御所へ移って行うよう、手配いたせ」

近衛殿は喜び勇んで何かとお指図を始められたようです。私も院さまのお伴を命じられましたが、実は内心困っておりました。

かような風情ある遊興に似つかわしい装束が、既に尽きていたからでした。秋の装束では手持ちのものを幾つか取り出して見ましたが、どれも着古して、萎《な》えたようなものばかりです。これでは宴の席にお仕えするのも侘びしいことだ、とは言え祖父にも叔父にももはや頼めぬと途方に暮れておりました。

「かような包みが届きました」

折も折、側仕えの者が持ってきたのは、青みがかった黄に青を重ねた女郎花襲《おみなえしかさね》に、秋の野に露の置く景色を袖に刺繍した赤の唐衣《からぎぬ》、その他小袖も袴もすべて揃った装束の包みでした。

「お使いください。露」

お名前も歌もない文にはただそう書いてありました。間違いなく、あの方のお心遣いでございました。有り難くて、また、かようによく気の回るゆえに、何かと面倒なこともついつい お引き受けになるあの方が愛おしく。

当日は、近衛殿と二人のご子息が万事お執り仕切りをなさいました。急なことでしたので、院さまのお伴に参る公卿は西園寺殿と、三条坊門殿《さんじょうぼうもん》、万里小路殿《までのこうじ》――このお二方は私にとってはいずれも又従兄《またいとこ》にあたります――のお三方しかおいでになりません。

「出家した善勝寺が籠もっているのは近くだったな。かような折は構わぬ、入道姿で良いから参れと伝えよ」

万事、遊興の方には気が利いて、座の取り回しも巧みな叔父がいないのを、院さまはお寂しくお思いになったらしく、叔父が幾度も辞するのを半ば無理矢理、召し出したようでございます。

叔父も叔父で、出家したとは言え、宴には工夫したい性分ですから、院さまを愉しませる趣向をこっそり用意して参ったようです。ご伝授の儀式が滞りなく行われ、ご酒宴が始まりますと、院さまに近づいて、こそこそと耳打ちをいたしております。叔父が何を申し上げたやら、私には聞こえませんでしたが、院さまのお鼻の動くご様子を拝見して、これは何やら面白いことをご用意したのであろうと、まるで自分も企《たくら》みに加わったような気でおりました。

はしはし、と院さまが一際高らかに御手を打ちますと、麗しい水干姿で広間へ入って参りましたのは、二人の白拍子でございました。春菊《はるぎく》、若菊《わかぎく》と名乗る姉妹でございます。これまで姿を見なかったのは、車の中へでも隠れさせておいたと見えます。

歌も舞も院さまにはいたくお気に召し、叔父は面目を施しました。姉妹の舞に、鼓を叔父自らが打ちましたのは少々やり過ぎの感もなくはありませんでしたが、祖父に酷い目に遭わされ、以後人中へ出ることもなくなっていた叔父には、良い気散じになったかと存じます。院さまもご機嫌で御酒を常よりも過ごされ、早々にその晩はお寝《やす》みになりました。

この夜の隙に、私はぜひあの方に逢って、お礼を言いたく思っていました。院さまには畏れ多くも申し訳ないことながら、やはりあの方のお志には応えたいと。

お控えの間は、別棟の、筒井の御殿にございました。私は音をさせぬよう、できるだけ軽い装束で忍んで参りました。女の方から出かけていくのは、大胆で勇気の要ることではありましたが、風の音も虫の声も、味方してくれているように感じました。

お伴の数も少ないからでしょうか、お控えの間の辺りは物寂しく静かな様子です。声を立てるのも躊躇われるほどで、予て伺っていた所からそっと滑り入りました。

黙って、柔らかく抱きしめてくださる、しなやかな腕がありました。懐かしい香がします。言葉はありませんでした。

どれほど、そうしていたでしょう。

「何があろうとも、見守っているから。必ず、どこからか」

別れ際、人目を避けて暗闇を戻っていく私に、あの方は低い声でしみじみとそう仰せになりました。

この方ともう一度、少女の時からやり直せたら良いのに、と思いつつも、耳の底では「許さぬ」と院さまの拗《す》ねたようなお声が聞こえます。

お逢いする前よりも物思いが増したような、暗い暗い、帰り途でございました。

九

思えば、暗い帰り途は、思いもかけぬ闇に繋がっていたのでございました。

どなたも皆お寝みだろうとつい気を許して、私は逢瀬の名残のまま、しどけない姿で、筒井の御殿の廊下をそっと抜けて、院さまの御所まで戻ろうとしておりました。頼りは月の光だけでございます。

「ひっ」

いきなり袖を何かに強く引っ張られ、悲鳴を上げてしまいました。人少なの御所などには、物の怪も多いと聞きますから、化け物かと総身も凍る思いで足が止まると、聞き覚えのある声がします。

「大声を出すでない。木霊《こだま》などもうるさいからのう」

近衛殿でした。何故こんな所でと思うと、化け物よりもかえって恐ろしくて、無理矢理袖を振り払って逃げようとしましたが、近衛殿はむずと摑《つか》んだままお放しくださらないので、袖が殆ど取れるほどに綻びができてしまいます。更にもがくと、今度は太い指が二の腕に絡み付きました。

「何をなさいます」

　太い指は更に食い込み、私の身体をひきずるようにして、御簾の内へ入ってしまいます。

「ああ、これは。夢のようじゃ。儂《わし》はずっとそなたと、ぜひ、ぜひと思うておったのだ」

　何ということ、面倒なと思い、身体を離そうとしますが、齢五十と言えども大柄な近衛殿が力まかせに抑え付けるので、身動きどころか、呼吸もできないほどでした。

「ああ。一度そなたと。こうして。ああ、なんと柔らかな。思うていた通りじゃ」

「お放しください」

「長年、姿を見る度に美しいと思うていた。院さまが羨《うらや》ましうてならぬ」

「お願いですから。目をお覚ましになれば、院さまはきっと私をお捜しになります」

「では、今は放してやる代わりに、お誓いなされ、どんなことをしてでも、暇を作って儂の許へ来ると」

「それは」

「ならば、このまま放さぬ」

　やむなく、私は偽りの誓いをする羽目になりました。

「誓います」

「石清水八幡、春日明神。二柱の神にかけて、お誓いなさるか」

　石清水八幡さまは久我の氏神、春日さまは言うまでもなく藤原の氏神です。いつぞや有明さまが寄越された起請なども思い出されて、何とおぞましいことをさせるのだろうと、辛くてなりませんでしたが、とにかくここを逃げなければとそれだけを考えて偽りを口にいたしました。

「誓います」

「やむを得ぬ。誓いを破るでないぞ」

近衛殿はしぶしぶながら腕をお放しくださいましたが、べっとりとした指の感触がいつまでも消えないようで、私はその日一日、幾度も幾度も、腕を布で拭《ぬぐ》わずにはいられませんでした。

院さまはゆっくりとそのまま伏見殿へご逗留なさって、また白拍子などもお呼びになりたい由、近習の者たちにお命じになりましたので、執り仕切りを近衛殿から、院さま側に直して、再びのご酒宴となります。

よほど姉妹がお気に召したのでしょう、過分の禄をご用意なさったようです。拝見すれば、姉には、麝香《じゃこう》の塊《かい》を金の盃に三つも入れ、それを更に沈《じん》の香木の盆に載せて、妹には、麝香の塊を一つ瑠璃《るり》の椀に入れ、金の盆に載せて、それぞれご下賜なさいました。この分では、夜伽《よとぎ》にもこの者たちをお召し出しになるつもりだろうと密かにため息を吐きつつも、姉妹の声と舞の見事さには、私も圧倒されておりました。

妹の若菊が、所望されて更に舞います。「相応和尚の割不動《われふどう》」と唄いだされて、私の背筋にはぞっと冷たいものが走りました。

柿本《かきのもと》の紀僧正《きのそうじょう》　一旦の妄執や残りけん

目は、思わず叔父の方を見ていました。叔父もこちらを見ています。慌てて目を背けました が、身体は既に震えていました。

紀僧正とは醍醐寺のお坊さまで、かの名高き弘法大師さまの御弟子であった方ですが、帝の御目のある時染殿《そめどの》の后さまのお姿を垣間見て愛欲に迷い、ついには悪鬼と成り果てて、帝の御前で堂々と后さまを犯した上、関わりのあった幾人もを縊《くび》り殺したと聞きます。私ごときを染殿の后さまに準《なずら》えるのは畏れ多きことながら、有明さまの妄執を思うとまさに紀僧正もかくやと思《おぼ》しきご様子でしたので、叔父と私には恐ろしくてならないのでした。

「いや、見事。見事」

ご機嫌の良い院さまのお声がいたします。

「座にある者皆に命ず。身に着けている装束から、何らかを脱いでこの舞姫たちに褒美として与えよ」

遥か昔、亭子《ていじ》の帝が遊女《うかれめ》の歌を愛《め》でた折になさったと伝えられる故事《ふるごと》を、院さまは真似びたく思われたのでしょう。殿方は皆顔を見合わせましたが、善勝寺の叔父が真っ先に袈裟を外して二人の前に置きました。西園寺殿は帯に付けていた石を二つ外して差し出し、近衛殿が上着を脱いで差し出されます。他の者も続いて倣《なら》いました。

「そなたも何かせよ。その襲《かさね》の上着で良い」

女の私にまで求められるとは思いも寄らなかったので驚きましたが、ここで否とは申せません。言われるままに脱いで差し出しました。

西園寺殿が一瞬、無念そうに天を仰いだようでした。

「さ、遠慮せずにこれは皆そなたたちが持て。それから酌をせよ」

院さまは白拍子をお側近くへ呼んで、次々と盃を重ねていかれます。ずいぶんと過ごされて、お顔の色も変わっていかれるので、私はそれも幾らか気がかりでした。

宴も果てて、お疲れになったようで、ご寝所へ入ると私に常のごとく、腰を揉めと仰せられました。かような折にはいつも何かとお言葉をくださる院さまですが、なぜか今日は何も仰せになりません。

「こちらか」

障子の隙から、聞き覚えのある囁き声がいたします。

近衛殿でした。いったい何をお考えか、院さまも聞こえてしまうと黙っておりますと、重ねて「少し外せぬか」などと言います。

「行ってやれ。許す」

私は耳を疑いました。小さな囁き声は、間違いなく院さまのお声でした。俯せになっておいでのお顔は、私からは見えません。

「聞こえぬか。許すと言うておる。行ってやれ。さ、早く」

言われるままに立つと、近衛殿の太い指が私を早速捕らえました。お控えの間へ引き立てられるのか、ならばその前に逃げ出そうかと思案する間もなく、近衛殿はすぐその場で私を引き据えました。あまりのことに声も出ませんが、障子一枚隔てただけの次の間で、皺がちで湿っぽい身体に組み敷かれるうち、実は何もかもすっかりご承知の、院さまの酷いお心の内が漸《ようよ》う知れて参ります。

ただただ人形《ひとかた》のように身体を投げ出しつつ、私の目も耳も、すべて障子のあちらがわに向けられておりました。

明けの鐘が鳴る頃、近衛殿はようやく、その湿っぽい身体を私から離しました。涙も出ぬような思いで形ばかり装束を直しましたが、どうして良いものか途方に暮れました。

「さ、御前に。お戻りなされ。お探しになるといけない」

脇腹を掻き、欠伸《あくび》をかみ殺しながら、昨晩の私の逃げ口上をこれ見よがしに使う様が何とも腹立たしく、また、かような老い人に思うようにされた我が身が情けなく。

ご自身で許すと仰せになったのだからと、私も気強く、怒りで身を支えながら御前に戻りました。思った通り、既にお目覚めになっています。

「よく眠れたぞ、私は。かような旅寝も良いものだ」

殊更に知らぬ風を装って、朗らかに仰せになるのを、私はただ黙って聞くばかりでした。

今日は常の御所へ帰れるのだろう、辛い旅寝は一夜の魔物と自ら慰めつつおりますと、さらに一夜、初日に戻って近衛殿が再び執り仕切りとなって宴が重ねられると言います。余りのことに、物陰で身を隠すようにして過ごしておりますと、院さまがお探しと告げる者があります。

「ご用でしょうか」

「うむ。さようにふさぎ込む顔は良くない。そなたはこちらの華なのだから。顔を上げて堂々とせよ。今日は舟遊びもあるそうだ」

お返事のしようもなく、黙っておりました。ひたすら俯いているのが、せめてもの言い分のつもりでした。

「装束の新調など、近衛に遠慮のう、いくらでも申しつけるが良いぞ。……西園寺よりもずっと豪勢なものをな」

付け加えられた一言に、私は自分が察したより更に底の知れぬ院さまのお心を思い知らされました。上目遣《うわめづか》いにそっとお顔を拝してみると、院さまは私から目を逸らし、中空を見つめておいでになっています。

その晩は、諦めて近衛殿と過ごしました。

「今日の舟遊びはいかがであった。篝火《かがりび》に照らされたそなたも美しかったのう」

近衛殿は昨晩より饒舌になっていました。太い指が動いて、湿っぽい懐に私の身体を引き寄せるので、肌がぞわぞわといたしました。

「院さまが皆から装束をお取り上げになったのは、亭子《ていじ》の帝の故事にも倣って、華やかで似つかわしくはあったが。されど、そなたの着ていた上着まで一揃い取ってしまったのは、ちと気の毒であったのう。どうじゃ、儂が新調してやろう」

私が黙っているので、近衛殿は一人でしゃべり続けます。

「兵部卿のことを老いのひがみと言ったが。儂のことも、誰がどこでどう申しておるやら。ただ、かくまで無理をしても、そなたを一度我がものにしてみたかったのだ。許せよ。その代わりと言うては無粋だが、上着だけでない、季節毎に道具も装束も、不自由のないよう届けてやろう。そなたの亡き父とも、知らぬ仲ではないしな」

そう言って、近衛殿は私の髪を撫でています。

近衛殿は、今宵はご自分の身体があまり思うようにならないのでした。幾度も私を引き寄せ、組み敷いてはみるものの、何やらごそごそと怪しげな気配の後、ふうとため息をもらして身体を離してしまわれます。やがて、「歳は取りたくないのう」というしわがれ声の小さな呟きが聞こえました。

「かくまでしておいて、この有様では情けないと、そなたは心の底で嘲笑《わら》っていよう。されど、人というのは誰でも老いるものじゃ」

そう言うと、横たわる私の身体を、月明かりに透かすように眺めています。私の方からは、近衛殿の鬢《びん》に白い物が光り、首に刻まれた皺の影が幾本も浮くのが見えました。

「人も時も、留まるということは、知らぬからのう」

そう言って横たわった近衛殿は、腕に私の頭をそっと乗せました。

この方のなさりようを許すというのではなけれど、幾許《いくばく》かの哀れが恨みを減ずるようにも思われた、風変わりな夜でございました。

翌朝は何事もなかったかのように、それぞれまだ暗い内に車を仕立てて戻ることになりました。

私は院さまのお車にご同乗して、下座に付きました。同じ車にあの方が乗り合わせてしまったのは、行く先やご身分の上下を考えれば当然ではありましたが、私には神仏の罰かと思われて侘びしいことでした。

私と決して目を合わせようとなさらないあの方のご様子から、かなりのことまで知れてしまったものと覚悟せねばなりませんでした。

院さまもあらぬ方角を向いたまま、黙っておいでになります。

京極大路まで来ると、近衛殿のお乗りになったお車が、院さまとは別の方角へ帰って行かれます。行く車にも我が車にも、様々に恨みも哀れも残しつつ、牛の歩みは朝ぼらけに進んだのでございました。

十

「お方さま。大殿さまのお越しでございます」

音羽の声に、露子は凝乎《ぎょっ》とした。

母の書き物を読み続けているせいで、自分の知る「大殿さま」と、母の書く「あの方」とが、露子の中で複雑に交錯している。面と向かって何と言えば良いのか、正直戸惑いは大きくなる一方である。

「そう」

だからといって並の客のように人任せにもてなして良い人では決してないので、露子は音羽の為すがまま、父を迎える用意をした。

「どうか。どうも、儂の想像より細々と長い物のようであるな」

「はい。漸く、二冊目を読み終わったところにございます」

本当に、この人は、この中身を読んでいないのか。いや、中身の見当も付けることなく、自分に渡したのか。

今や最大の疑念はこのことだったが、それを口に出せば、母の書き物の、その中身、その様々に絡んだ恨みや哀れに自分まで巻き込まれてしまいそうであった。

「母の、二条の歌はどうか。これはと思うものはあるか」

「ええ」

返答に困った。歌の良し悪しを云々することなど、露子はすっかり忘れていた。

「私ごときにそう仰せられましても」

これは、謙遜ばかりではなかった。

おそらく実兼の肝いりだったのだろう、並一通り以上の歌の学問は修め、知識は相応に身に付いたが、残念ながら露子自身はあまり良い歌の詠み手ではない。知識のお蔭か、人の歌の良し悪しは分かり、名高い歌合《うたあわせ》の聞書《ききがき》などを見る折は、それぞれの判定を読むのが楽しみだったりもする。しかし、自分で作歌できぬ者が、真に人の歌について分かるものだろうかと思うと、露子は身の竦《すく》む思いがするのだった。

「いやいや。謙遜せぬでも良いぞ。なかなか儂になど作って見せてもくれぬが、そなたが相当に学んでいることは、久永からよく聞かされたぞ」

「いえ……でも、それでしたら、思い切って申し上げます」

「うむ」

「母さまの歌は、何と申しましょうか、その場に臨んでは、大層興があって巧みで、人を惹きつける所があると思われますが……」

「が、とな。遠慮せぬで良い。その続きを申せ」

「はい。その場から離して、例えば歌の集の撰に入れるとなると、選ぶには躊躇われます」

「そうか」

「あ、ですが大殿さま」

「うむ」

「まだ、三冊も残しておりますし。まだ、時の猶予はございますか」

「それは構わぬ。できれば、一首くらいは、勅撰の栄誉をもたらしてやりたいものだ。頼む」

「はい」

「ところで、そなたに貸した『寝覚』の写しはどうした」

「は」

「寝覚」は音曲の才に優れた大臣家の姫君が辿る数奇な運命を描いた作り物語である。露子の好きな話の一つであった。

「もうずいぶん前にお返しいたしましたが」

実兼は、正妻やその娘の為に様々な草子を集めさせていて、露子にも折を見て密かに貸してくれた。一緒に紙や筆、墨などを実兼が調えてくれるので、それらを写して自分の物にするのが、少女の頃からの楽しみであった。結婚してからはそれほど執着はなかったが、それでも珍しい物、評判の高い物が手に入ったと聞けば、時を見つけて借り受け、写していた。

そうした物の中に「寝覚」があったのは事実だが、それはかなり以前の話で、とうに露子は返していた。

「お方さまが写された物がこちらにございますから、お返ししたはずでございます」

音羽が早速、葛籠《つづら》の中を確認してくれたようである。

「そうか。おかしいのう。女院から、早く持ってきてくれと言われたのだが、儂の手許をいくら探させてもないのだ」

「はあ」

「まあ、良い。また探そう」

それから、幾らか暮らし向きのことなど話して後、実兼は帰って行った。

「お方さま、なにやらおかしうございませぬか」

「ええ。そもそも、女院さまが今頃さような物を持ってきてくれなどと、お父君に仰せになるかしら」

女院さまとは実兼の正妻腹の娘である。露子と大して歳も違わない。

音羽たちへの呼び間違いも相変わらずだったようで、露子は少々心配になったが、まさかあの父に限ってと、何かの勘違いだろうと軽く思いなした。

それより気になったのは、自分の発した一言である。

――例えば歌の集の撰に入れるとなると、選ぶには躊躇われます。

歌詠みでもない自分が、少々、傲慢な言い方だったかもしれない。いかにも賢《さか》しげな娘の物言いに、実兼が鼻白んだかもしれぬと思うと、冷や汗が出た。

されど、それは正直なところだった。

何も、書き物の内容が他見を憚ることが多いから、のみではない。

出来事や人の心を忖度《そんたく》する文章、自分の心の移り変わりを映す文章は、母は巧みだと思う。内容の乱倫で不愉快になることも、どこまでが真実だろうと訝しく思うことも多いのだが、それでも読まされてしまう何かがあった。

ただ、歌になると、言葉の並べ方など美しいのではあるけれど、文章ほどの魅力が溢れているとは残念ながら露子は思えない。口幅ったいようだが、文章に比べて、何か凡庸な気がするのだった。

――とは言え、まさかこの書き物を、作り物語のように世に出すわけにもいかぬし。

露子は途方もなさに苦笑した。それから、どうやら書き物の中では、父と母との縁は次第に薄くなってしまったらしいと改めて嘆息し、先ほど帰って行った父の顔を思い出していた。

飛花《ひか》の巻

一

女楽の騒動から、はや三年《みとせ》も巡りました。

御所では、東の御方さまがお産み参らせた皇子さまが次の皇太子と定められ、ご元服も無事に済んだ頃から、新しく院さまに仕えようとする者が少なくなっておりました。

無理もありません、古《いにしえ》のように女御《にょうご》、更衣《こうい》などと呼ばれて初めから妃《みめ》扱いで宮中に入れる者は今ではごく限られ、この頃では、まずはお側《そば》に仕える者として御所へ上がり、お情けを頂戴し御子をお産み参らせて後、何らかの位や職をいただく――父がかつて私に望んだごとく――というのが、后妃となりうる近道でございます。当然ながら、年頃の女子《おなご》のいる公卿《くぎょう》の家では、こちらの院さまご自身ではなく皇太子さま、あるいは現在帝の位にお即《つ》きの主上《うえ》さまなど、次の世代の御所へと目を移しつつありました。

皇太子の御母である東の御方さまは鷹揚で温厚なお人柄でしたので、こちらに以前からお仕えする女たちは、正妃であられる東二条院さまのご機嫌さえ伺っておけば大した揉め事もない頃でございました。新参が少なく平穏な分、女たちも皆歳を重ねて華やかさを失ったり、心を許してつい実家《さと》に下がりがちであったりしておりましたから、院さまは少々物足りなくお感じであったようです。

そういう私も既に二十四になっており、言うならば、御所で二昔も重ねたことになります。落ち着く実家もない私は、相変わらずの日々を送っておりますが、はて、いつまでここにこうしていることやらと、父の遺言を思い浮かべることが多くなっておりました。

東二条院さまには、皇子はおいでになりませんが、姫宮がおありで、院さまも大切になさっていました。御歳十一歳になられる姫宮がこの春より長く患っておいでなのを、如法《にょほう》愛染《あいぜん》王の法にて祈禱せよと、院さまは有明さまを御所へお招きになりました。

ご祈禱を前に、院さまは和やかに有明さまにお言葉をかけておいでです。母君は違えどご兄弟であるというお気持ちがおありのせいでしょうか、単に法《のり》の師をお迎えするのとは異なる睦まじさでしたが、側に控える私は、お顔を拝するのも恐ろしく、また有明さまも心なしか動揺しておいでのように見えました。

「姫宮さまのご様子が……」

近習の者が院さまに何やら耳打ちをしました。

「うむ、すぐ参ろう。祈禱もこれから始めさせようから、気持ちを強く持つよう、言うて聞かせよう」

院さまは立ち上がり、「ここでお待ちを」と有明さまに言い置いて中座なさいました。

折悪《あ》しく、御前に控えていたのは、私一人でございます。

「そなた。私がいかなる思いで今日まで過ごしていたか、お分かりか」

言うが早いか、有明さまのお袖には涙が溢《こぼ》れ、恨みの言葉が堰《せき》を切ったように流れ出します。お答えのしようもなくて黙って聞いておりました。

院さまがお戻りになると、有明さまは懸命に平静を装っていましたが、隠しもできぬ袖の痕を、かようなことに聡い院さまがどうご覧になったことかと、私は気が気でなりませんでした。

有明さまが御前を下がり、院さまもご寝所へ入られます。仕える女たちも少ない夜で、院さまは常のように足腰を私に揉ませておいででしたが、しばらくすると身体を起こしてこちらを向き直り、私の顔をまじまじとご覧になりました。

「思いがけず、面妖なることを聞いてしまった。幼い頃からよく知っている方だから、まさかとは思うたが」

これは、障子の向こうで実はすっかりお聴きになっていたに相違ない、誤魔化しても詮無きことと、お尋ねのあるままに、これまでのことをお話しいたしました。

「さようか。……それは、そなたの為《な》しように誤りがあった」

わざとらしいため息を吐きながら、院さまがお鼻を動かしつつ語り始めたので、私は観念して承りました。

「故事《ふるごと》にも、徳高き僧侶の過ちは様々に語られていよう。総じて言えることは、妄執の因となった女人の為しよう次第で、その後の宿命も転ずるということだ。出雲路での逢瀬の後、容赦なく拒んだのは、返す返すも良くない為しようだった」

いかにせよと仰せなのだろうかと、訝《いぶか》しみつつ次のお言葉を待ちました。

「良きように計ろうてやる。向後、かの阿闍梨《あじゃり》に素気無《すげの》うすることは許さぬ」

「はい。仰せのとおりに」

「うむ。それもこれも、そなたに対して心隔てのない証しである。さよう心得よ」

院さまは次第に饒舌になっていかれます。

「誰よりも先にそなたを見出して、大切にしてきたのだが。様々、思うに任せぬこともあって、そなたの信頼を十分に得られていないようなのが口惜しいことだ」

何を仰せになるかと、私はいよいよお答えのしようもなくなりました。

「人を恋うる心とは何につけても思いもよらぬ、思うにも任せぬ。私に初めてそれを教えてくれたのはそなたの母であった。女人の心も体も、かようなものと手ほどきしてくれたのは亡きすけだい、そなたの母の大納言典侍《だいなごんのすけ》であったのに。そなたの母は、私を見捨てて、雅忠の許へ行ってしまったのだ」

やはりそうであったかと、うすうすは推量していたものの、直《じか》にお伺いするのは忍びがたい思いでした。

「すけだいが身籠もったと知った時、私は雅忠に頼んだ。女子であればぜひ童《わらわ》の時からこちらの御所へ上げてくれと。久我《こが》の娘はさような並の宮仕えには出さぬと渋るのを、必ず疎略にはせぬと誓うて。どれほど愛おしいことであったか」

聞くに堪えぬ古言《ふるごと》に加え、明日よりの身の定めも思いやられて、その夜は更けたことでございました。

翌日から、修法《ずほう》が始まりました。院さまはどういうおつもりか、様々な用を言いつけては、私を幾度も有明さまの許へ遣いに出します。宵の頃には、ご真言の解釈に関するご質問をまとめた文書を持たされて、お控えの間に参りました。

朧《おぼろ》に霞む春の月影に、脇息《きょうそく》に身体を凭《もた》せ掛けて経文を静かに唱えるお姿がぼうっと浮かび上がり、いつにもましてお頭《つむり》が美しく見えます。

「そなたか」

私の影に気づいた有明さまが振り返り、潤んだ瞳でこちらを見据えておいでになります。お声が弱々しく響きました。

「もはやこの世では思い切ったと、あれほど誓いも立てたものを。それでもかほどに耐え難いのは、どうしたら良いのだろうか」

そう仰せになると、私の身をひしとかき抱き、そのままお褥《しとね》に倒れ込んでしまいます。激しいなさりように、誰か聞き咎める者でもありはしないかと気が気ではありませんでしたが、素気無うしてはならぬとの院さまのお言葉も思い出され、私は努めて有明さまの意を受けるように振る舞いました。

「ご祈禱の時刻でございます。ご祈禱の時刻でございます」

伴僧たちの声が響いて参ります。有明さまはなお私を放そうとはなさいません。

「有明さま。また、必ず参りますから。誰かに知られては、今後の逢瀬が途絶えましょう」

穏やかにそう申し上げますと、名残惜しそうに衣を整えながら、こちらを凝《じっ》とご覧になるのでした。

「では、明け方の最後の祈禱が終わる頃に、必ず。必ず、ここで」

繰り返しお約束をさせられてから、こっそりと人目を避けて局《つぼね》に戻ります。髪の乱れなども直そうと鏡を覗きますと、今し方お別れしてきたばかりの面影が、まだ身に添うているような心地がして、つくづくと、これはもう逃れ得ぬ宿縁なのだと思われました。

人少なの頃とて、そのまま物思いに耽っているわけにも参りません。院さまのお給仕を務めるのは、今夜は私だけでした。

「先ほどは思うところあってそなたを遣ったのだが。阿闍梨はお気づきではあるまいな。こちらが承知していると気取《けど》られてはならぬ、見当違いの気兼ねをされては気の毒だ」

殊更さように仰せになるのも、何やら得意げなご様子にお見受けしてしまったのは、私の思い過ごしでしょうか。

姫宮さまご病気平癒の修法は、七日に亘《わた》りました。ご祈禱者の御心が決して清らかとは言えぬのを知りながら、ご様子を拝見しているのは辛いことでございましたが、幸い姫宮さまはご快復のご様子で、安堵いたしました。

最後の宵、院さまは御所の紅梅が美しく咲いたのを愛《め》でられ、私はお側に控えておりました。

「東の方を呼べ。二の間へ」

御手が鳴らされ、近習の者が来ると、院さまは今宵の夜伽《よとぎ》を東の御方さまに仰せ付けられました。私には下がれとのことかと、ふいに口に苦い物でも入れられたような気がして、早々に立とうといたしました。

「待て。そなたはあちらへ行ってやれ。今宵の機会を逃しては、またお嘆きの深くなろう。必ず行ってやれ」

折しも、ご祈禱の終わる音が聞こえて参ります。よくよく気の回る院さまを侘びしく思いつつ、お控えの間へ忍んで参りました。

かように逢瀬を繰り返しては、かえってご執着の晴れることがないのではないかと思えばそれも辛く、また私自身も、心にも身体にも、有明さまの切なる思いがいつしか染みゆくようで、己の行く末が恐ろしい夜でございました。

二

ご祈禱の果てて一箇月《ひとつき》余の後、三月《やよい》の頃でしたか、やはり人少なの折に、院さまが私を夜伽に召されました。私には申し上げねばならぬことがございました。

「身籠もりましてございます」

有明さまのお胤《たね》であるのは明らかでございます。院さまは予《かね》てご承知、というより、自らご予言をなさっていて、あの夜より今宵まで、私を一度も夜伽にお召しになりませんでした。

院さまはご祈禱の最後の夜に、夢告《ゆめつげ》を得たと仰せでした。御夢の中で、ご祈禱に用いる五鈷《ごこ》というお道具、それも白銀《しろがね》で作られた大層麗しいのを、有明さまが私に授けたのだそうです。私がそれをこっそりと懐に入れた――もちろん、院さまの御夢の中のことですから、私には全く心当たりなどございません――のを、院さまはお見つけになって、「それは亡き後嵯峨院さまのお形見だから、私が預かろう」と仰せになったということでした。

この夢告を、私が有明さまの御子を身籠もる兆しと院さまはお解きになりました。そうして、事が明らかになるまでは私と褥を共にしないと決めて、身体に徴《しるし》があったら報せるようにとお命じになったのです。

「そうか。やはり身籠もったか。案ずることはない。子の処遇はこちらでする」

「思《おぼ》し召しのままに」

他に、どうお答えのしようがあったでしょう。

何があろうと見守るとお約束くださったあの方でしたが、いつぞやの伏見以来、互いに心の通わぬことが多くなっておりました。それでも、例年五月には私が母の墓参りをするのを覚えていてくださったようで、仮の宿へ訪ねたいとの文が届きました。

あの方も、はや三十三におなりです。御位もお役目も一層重くなられ、日々ご多忙のご様子で、おいでになったのは夜も更けた頃でした。

「息災ですか。ご懐妊と聞きましたが。目出度いことだ」

それだけ言って、後は黙って私の肩を抱いてくださっています。その腕は微かに震えておいでなのでした。何から言い訳すれば良いのか、解《ほど》きようもなく結ぼおれてしまった心の糸をどうしたら良いのか、言葉を探すようにして寄り添いました。

「火事、火事でございます。三条京極、富小路《とみのこうじ》のあたりです」

外から騒がしい声がします。

「御所の近くですね。行かなければ。何ということだ」

悔しそうなお声だけが残りました。一人残った私は、ああこれで、ますますこの方との縁は薄くなってしまうのだろうと、選《よ》りに選《よ》って今夜というこの時に火事騒ぎが起きたことに、身の程を知る思いを噛みしめておりました。

私が身籠もっていることも、院さまが何もかもご承知であることも、有明さまはご存じありません。お知らせしないまま、私のことなど忘れてくださったら、その方が互いの為と自分に都合の良いように思っておりましたが、さようなことを院さまがお許しくださるはずもないのでした。

その年の秋、院さまは御所で真言のご談義を催されました。学僧たちを招いて、教義についての議論をさせて聞いたり、教典の解釈などを尋ねたりと七日に亘って続く中、有明さまも参上なさいました。

六日目の夜、様々の経文の解釈についてご談義がなされた後には宴がありました。例によってお給仕を務めておりますと、院さまは一同の者に向かってご自身のお考えを一条《くだり》、ご披露なさっています。

「かように皆の考察を聞くにつけても、愛欲というのは様々の罪の内でも前世からの因縁が強く働いて、最も人の力の及ばぬ事かと思われる。古事《ふるごと》にもその例は多い。浄蔵《じょうぞう》という修行者は、前世からの因縁のある女が陸奥《みちのく》にいると聞かされて、その女がまだ幼いうちに殺してまで己の不犯《ふぼん》を守ろうとしたそうだが、やはり因縁通り、その女と通じてしまったという。また染殿の后のことなどは言うまでもなく皆存じていよう。人はこの愛欲が凝《こ》りて、青き鬼にもなり、また石にもなる。人に限らず、物の怪や畜生と契るという話も、人の身の因縁を思えば、あながちに無気味《むくつけ》きものとのみは聴けぬ事だ。皆いかが思うだろうか」

一同皆神妙に伺っておりましたが、私はその場から消えてしまいたいと思うばかりで、腋を汗がじっとり伝うのに耐えておりました。有明さまも同じお気持ちだったのでしょう、早めにご退出なさろうとお立ちになったのを、院さまが「阿闍梨殿とはぜひ今宵、ゆっくりお話を」とお引き止めになっています。同席はとても耐えられないと思い、私はその場を下がりました。

夜中も過ぎた頃になって、お召しがありました。院さまは月をご覧になっています。

「何もかも、話しておいた。そなたのことも、阿闍梨のことも、決して責めるつもりのないことは、二人とも、分かってくれようか。親心の闇にも似た心地だ」

顔を上げることもできない私には、月に照らされた院さまの影法師だけが見えておりました。

「控えの間へ行ってやれ。明日で談義は終わりだから、今宵を逃せば逢う時もなかろう」

これ以上お側にいるのもご機嫌を損ねそうに思われましたし、また有明さまのご様子も気がかりでしたので、言われるままに参りました。

有明さまは、さすがに憔悴したご様子でしたが、それでも院さまの仰せをただただ素直に有り難くお思いなのでした。

「生まれ来る子は大切にしようと仰せになった。畏れ多いことです。都を追われるとばかり思っていたのに」

院さまとは異なり、お心の内がそのまま外へ透けて見えてしまいそうなご様子は、お側にいて痛ましいほどです。

「寺での地位は返上して、ただの修行者として山へ入ってしまいたい。次を継いでくださる人を決めてしまえば良いことだから」

この方の激しいお情けを、恐ろしくもおぞましくも思って参りましたが、度々かように濃《こま》やかにお話をするようになると、邪《よこしま》なところのまるでなく、他の殿方にはついぞ見たことのない程の無垢なご性質が次第に知られ、何やらゆかしい思いもいたします。

一方で、「次を継ぐ」方とはおそらく、幾年か前に御寺に入られた、院さまの皇子さまのことに相違ないと思い当たると、私はこの度のことに院さまがかくまで心寛《ひろ》く接してくだざる絡繰《からく》りを一つ、見つけてしまったような気になったのでした。

有明さまには私が無事に身二つになるまで、気強くこのままいてくださるようお願いして、明け方の名残を惜しみ、歌を一つ差し上げて、局《つぼね》へ下がって参りました。

わが袖の涙に宿る有明の　明けても同じ面影もがな
「あなたさまの面影を、夜が明けてからもずっと偲《しの》んでいたいと思っております」

局へ下がりますと、気疲れがさせるのでしょう、先ほどの面影もそのまま、うつらうつらとしてしまいました。

「お召しでございます」

お使いの声に目を覚ませば、まだ幾程も経ぬ曙に、院さまがご寝所でお待ちだと申します。慌てて参れば、横たわったままの院さまのお顔に、明らかに不機嫌そうな色が浮かんでおります。

「申し訳ありませぬ」

「泣き顔か。有明の尽きぬ名残に、後朝《きぬぎぬ》の文でも待ち暮らしていたか」

私が望んでこうなったことではないのに、何故かようにと心の遣り場もなく、迂闊《うかつ》にも涙がこぼれてしまいました。

「何だ。私の前だというのに。誰を思って泣いている」

何を申し上げても御心には適うまいと、お怒りを覚悟でそのまま御前を下がりました。身重の為でしょう、体調まで優れないので、夕刻までただぼんやりと局で過ごしておりますと、再びお召しがございます。

せめてもと、化粧なども取り繕って、涙の痕を塗り込めるようにして廊下へ出ますと、折悪しくあの方が参上なさるところでした。すれ違いざまに「この頃はこちらへ参っても、あなたは言葉もかけてくれませんね」と恨み言を言われても、もはや私にはどうすることもできません。

院さまは少人数でうちうちのご酒宴をなさろうとのことでしたが、参上していた西園寺殿、万里小路《までのこうじ》殿もお呼び寄せになって、賑やかな座になりました。

本当はこの宵に、姫宮さまのところでご祈禱をなさってから御寺へお戻りになると有明さまから聞いていましたので、そちらのことも気がかりだったのですが、宴を抜けるわけにも参らず、お給仕など務めておりますと、院さまは何事もなかったかのようにご機嫌良く、私にもお言葉をおかけになります。

宴が果てますと、院さまは私を伴ってご寝所へ入られました。

「これをせよ。用意させておいた」

差し出されたのは、お腹に締める白布でした。

「この帯を私がさせるのだ。親にも夫にも優るこの心を、ゆめゆめ疑うでないぞ。勝手な真似は許さぬ」

御心の奥の奥はどこまでも量り知られぬとは思いつつ、お言葉に逆らうことはできないのです。仰せになる繰り言も古言もただぼんやりと聞きながら、その晩はそのまま、お側に過ごしたことでございました。

三

十月《かんなづき》になりました。産み月も近くなりましたので、お暇を頂戴して嵯峨嵐山の法輪《ほうりん》寺へ七日間の参籠《さんろう》を思い立ちました。せめて、少しでも穏やかな心地になれればと存じました。川の流れに紅葉が流れ寄る様は、月並みかもしれませんが、やはり錦の美しさと見えました。飽きもせず眺めるうち、確かまだ私が十二、三の頃、今は亡き後嵯峨院さまが、御父君のためのご法要をこの近くの嵯峨の御所でなさったのが思い出されると、我が宿世の拙さに、このまま水に入って儚《はかな》くなってしまいたいとまで思われます。

山里ゆえでしょう、鹿の鳴く声がすぐ耳許で聞こえるようです。

我が身こそいつも涙の隙《ひま》なきに　何を偲びて鹿の鳴くらん

「私は昔が恋しくて泣いてばかりいるけれど。鹿は何が恋しくて鳴いているのでしょう」

五日目の夕暮れに、身分ありげな人の車が参りました。どなたかと見ていると、私への客だと言います。口上を伺えば、楊梅中将《やまもものちゅうじょう》殿でした。この中将は院さまのご近臣ですから、何だろうかとご用件を承ります。

「嵯峨殿においでの大宮院さまのご体調が優れぬとのことで、院さまが亀山院さまと共にこちらへ御幸《みゆき》遊ばされました。急なこととて、場を弁《わきま》えてお仕えできる者が足りません。院さまは、二条殿がこちらにおいでなのを頼りになさっています。参籠の途中では心残りでしょうが、ご出仕を」

残り二日なのにと思うと、御仏への縁も薄いように感じられて侘びしいことでしたが、迎えのお車までお寄越しくださってはやむを得ません。急ぎ参上してみますと、確かに人数も少なく、また主立った古参の人たちは皆実家《さと》下がりなのか、大宮院さまや両院さまに側近くお仕えできるような者も殆どおりません。出産は私も三度目でございますから、大儀な身体でもそれなりに動くことはできて、あれこれと人に指図などもいたしておりました。

幸い、大宮院さまのご病状はさほどでもなく――両院さまが近頃御母君へのご挨拶を疎《おろそ》かになさっていた為に、ご機嫌を損ねてしまわれただけなのでは、と密かに拝察いたしておりました――間もなくして落ち着いたとのことで、そのまま快気祝いをして差し上げようとのことになりました。

宴は二日に亘ることになりました。第一夜は院さまが、第二夜は亀山院さまがそれぞれお執り仕切りで行われます。お指図を承る役は西園寺殿がお務めになったので、急遽というのに、大層な品々を見事にご用意なさり、大宮院さまへご献上なさるのはもちろん、この場に奉仕した者にも紙や染め物など、禄のご下賜がありました。

院さまの琵琶、亀山院さまの笛に合わせ、近臣の者も各々に楽器を調えて、管絃の音《ね》が嵐山の空に澄み昇ります。夜の更けるのと共に楽《がく》の音が尽きると、今度は院さまがお唄いになりました。大宮院さまの愚痴めいた述懐は少々聞き苦しくありましたが、両院さまがお酒やお唄でもてなし、はぐらかしなどして、巧みにご機嫌をとっておいでなのも、興味深いご様子でした。

お寝《やす》みになるということで、両院さまは別棟へご一緒にお出ましになります。ご近臣の幾人かもおいでになりますが、なぜか西園寺殿はいなくなってしまわれました。

「人少なであるから、そなたは夜通し側におれ」

仰せですから従わぬということではありませんが、亀山院さまがずっとご一緒なので、私は当惑しておりました。院さまは構わぬ風でさっさと装束をお解きになり、常の夜のように「脚など揉んでくれ」と仰せられます。亀山院さまのお目の様子が尋常でないようで気がかりではありましたが、仰せのままにいたしました。

「私もご一緒に過ごして良いでしょう」

亀山院さまの仰せは、私には異様に聞こえました。

「いや、しかし。二条は身重でもあることゆえ。暇を取っていたのを、無理矢理召し出して、立ち居なども苦しげだから、遠慮願えないだろうか」

「何も無体なことをしようというわけではありませぬよ、兄上。お側にと申しているだけです。それに、いつぞや、私の方の女たちは、お目に叶う者があればいつでもお側にとお約束したてではありませぬか」

「うむ、そうだったか」

「さようです。朱雀の帝は、光源氏に女三宮まで下賜なさったてではありませんか。古《いにしえ》の例《ためし》は大切になさりたい」

女三宮は朱雀帝の実の姫宮です。さような物語の例は、今準《なずら》えるには全く相応《ふさ》わぬものなのにと、亀山院さまの執念《しゅうね》いまでのお申し出を、傍《はた》で聞きにくく存じておりました。

こちらの院さまは、次第に言葉少なにおなりです。

「二条、側におれよ」

常よりもお酒も過ごされていたせいでしょう、亀山院さまに曖昧な返事をなさった後、院さまは穏やかに寝息を立て始めました。

「さ」

亀山院さまがあまりに当然のように手を取って、屏風の向こう側へ連れて行こうとなさるので、私は大層驚きました。されど、いつぞやの伏見殿での件もございましたし、私は観念するより他なかったのでした。

母君も同じうされるご兄弟でありながら、小柄で華奢な院さまとは異なり、亀山院さまのお身体は私を圧するように迫っておいでになります。お腹のやや子——こちらのお胤《たね》は有明さま、ご両所には異母弟にあたられるのですが——の哀れさに、思わず身が固くなるのはいかんともしようがありませんでしたが、亀山院さまは何の頓着するご様子もなく、ひたすらに意を遂げようとなさるので、私は為す術もなく、黙って言うなりにされておりました。

上皇さまをかくも申し上げるのは畏れ多いことですが、このご兄弟は何かというと互いに張り合うところの多い方々です。政《まつりごと》のみならず、遊興の方面でもそうでした。口の悪い近臣が、好色の道まで競わずとも良かろうものを、と陰口を叩く程のお二方が、私ごときを間にして、いかような思惑のあったものかは存じません——知りたいとも存じません——が、私はただ、身はいかに為すがままにされても、気持ちだけは強く持とうとそれだけ念じておりました。

明け方になると、亀山院さまは自ら院さまのお側へ行って、「朝ですぞ」などとお起しなさっています。

「おや、そうか。私があんまり惰眠を貪《むさぼ》るから、添い臥し役のはずの二条が逃げてしまったのだな」

「いえいえ、つい今まで、二条はここにおりましたよ」

互いに御腹の内の分からぬご兄弟のやりとりは、傍で聞いていて恐ろしくさえありましたが、私が悪いのではないと素知らぬ顔を通しておりました。

院さまは何をどうお感じになったものか、その日は日暮れ頃まで、私に一度もお声をおかけになりませんでした。

夕方に始まった宴は昨日と同様、豪奢《ごうしゃ》なものでございました。ただ、昨日西園寺殿がなさっていたお役を、亀山院さまが大膳大夫景房《だいぜんのだいぶかげふさ》といううずいぶん下位の者に務めさせたため、近臣の中には「格が違うだろう、院さまにも西園寺殿にもご不快のはずだ」などと訳知り顔に不服を申す者もありました。

昨日と同様に仕える者に禄を賜わる折、「こちらは特に二条殿にと、亀山院さまの思し召しです」と、特別なご下賜がございました。唐渡《からわたり》の浮き紋の白綸子《りんず》と、紫を濃淡の暈《ぼ》かし染めにした染絹とを巻いて、一見草子のような形に包んだものを五十四作ってあり、念の入ったことにはその一つ一つに源氏の物語の巻名が書いてあります。豪華な贈り物は有り難くはありますが、正直なところ、院さまがどうお思いかが気がかりでした。

遊興は昨晩様々尽くしてしまったせいか、今宵の酒宴は短く終わりました。

「西園寺殿の不参は、仮病でしょうかかな」

「さようでしょうな。お役目柄の格違いは、不愉快極まりないでしょう」

ふと近臣の誰かの声が耳に入って、私は知らず知らずため息を吐いていました。あの方が今日不参なのは、お噂の通りの理由かもしれませんが、何しろよく気の回る方ですから、何をお察しになったものやら分からぬと思うと、何やら投げやりな思いが強くなりました。

その夜も両院さまの御添い臥しを務めました。目も耳も閉じたご奉仕とでも申しましょうか。

私には辛きことこそ数々あれ、身の晴れがましく楽しむことなど何一つない嵯峨殿の御幸でしたのに、何をどうお聞きになったものか、正妃東二条院さまが、「二条を女院待遇にするためのご披露をそちらでなさったとか。最も古くからお仕えする私を、院さまはいよいよ蔑《ないがし》ろになさるおつもりか」などと、全く見当外れの申し入れを院さまに度々なさったと後から聞かされ、今更に憂き世の有様が身に染みたことでございました。

四

――亀山院さまというお方は……。

これまで、後深草院の風変わりなご性質についてはずいぶん書かれていて、露子もどことなくおぞましくは思いつつも、慣らされてしまった所があった。それが、何かと対立していたというこの弟君の方も、母の書く物を読む限り、決して屈託のないご性質とは思われない。亀山院が艶福家であったとは世に聞こえていたが、兄上の寵姫《ちょうき》でしかも身重の女を共寝させるとは、単なる好色というには度を超えていると思われた。

露子は、八年ほど前に、自分の心に、人には言えぬある妬心が萌した時のことを思い出した。

実兼は正妻との間に女子を二人儲けていた。八年前、その二の姫が、亀山院の御所に入り、ほんの数箇月後に女院号を受けたのである。

今では昭訓門院《しょうくんもんいん》と呼ばれるこの方は、露子と一つしか歳が違わない。二十九歳で御所に入られたのであった。同じ頃、露子は既に結婚して十余年を過ぎ、そろそろ息子の元服のことを考え始めていた。

その年、露子は夫の密かな裏切りを知った。考えても詮無いことを一人、胸の内で堂々《どうどう》巡《めぐ》りしている頃、一方で女院と呼ばれて世間から重んじられ始めた異母姉のことが耳に入った。

無論、女院の方では、露子のことは存在すらご存じないだろう。しかし露子の方では、同じ父を持ちながら、なぜかくも幸運《さいわい》は隔たっているのかと僻《ひが》みたいような気持ちも起きた。思い起こせば一の姫も、伏見院の御所に入って永福門院《えいふくもんいん》と称されている。

その時の気持ちは、誰にも話したことはない。養父母は無論、音羽にすら一言たりとも漏らさなかった。人と幸不幸を比べることの卑しさを、物語に耽溺《たんでき》した露子は、頭ではよく分かっていた。また、同じ父を持っていても、母が正妻か否かで、子の処遇にも栄達にも、明白な差のあることも知っていた。それでも、もし亀山院の御所に上がったのが自分だったらという思いが頭を掠《かす》めたことは事実だった。

母の書き物に次々と現れる、貴顕の人々の乱倫。その裏に交錯する、秘めたる妬心。今また、同じ事を思ってしまう。もし亀山院の御所に上がったのが自分だったら。巻き込まれなくて良かった、などという単純な感慨では済まされない何かを、母の書き物を読む、三十六になった露子は感じていた。

——されど、どこまで、真実《ほんとう》だろう。

母の書くことを疑うというのではないけれど、書かれていることの途方もなさに、露子は時折首を傾げてしまう。架空事《つくりごと》ではないかと思わずにはいられぬ箇所もある。母の文章は自身を物語の女君に準《なずら》え、美しい言葉の数々を粉飾《まぶ》しては「現実」を切り取っていく。いずこかの歌や物語で聞いたような美辞に陶酔しつつ、しかし時に唐突に、書き手である母の醒めたような眼差しも垣間見せながら、文章は紋を浮き上がらせる織物のように綴られる。

ただ、母の書き物が架空事めいているとしたら、それは母だけのせいではないと露子は思う。

意図せぬ架空事とでも言うのだろうか。あるいは、もっと大仰な言い方を敢えてすれば、母の生に初めから仕組まれた架空事というのだろうか。

後深草院が繰り返す、物語や古事の真似事——屈折した帝王の稚戯《ちぎ》と、訳知りの学問をする人は言うのかもしれぬ。されど、そこには帝王の位に即いたものでなければ知り得ぬ、無念さがあるのではなかろうか。

朝廷こそ国の中心とどれほど京の都で強がってみても、それは所詮表向きで、すべては鎌倉の意向なしには成り立たぬことを、貴族の家に生まれた者ならば、皆思い知らされているはずだった。今の西園寺家の権勢が鎌倉との繋がり抜きには語れぬことは、露子もよく知っている。

天皇家に生まれ、帝王の位に即いたお方であれば、この世の主上《うえ》と奉られながら、決して思うようにはならぬ世の中に、露子のような下々の女などには量り知れぬ無念さを抱いたに違いない。そうした無念さが、聖代と謳《うた》われた延喜天暦の帝や、韻文でも散文でも名高き華を輩出した、一条の帝の幻を追わせたのではあるまいか。

後深草院の乳母で、乳のみならず閨《ねや》の手ほどきさえ奉ったという大納言典侍《だいなごんのすけ》。その腹にある時から、母二条は後深草院の寵姫となるべく待望されたと言う。まだ少女の二条を初めて自分のものとした時、後深草院が「すけだい」と呟いたことの意味が真に解けて、露子は新たにおぞましくもあったが、後深草院が光源氏と紫の上との関係を現実に作り出そうとしたことは明白である。また、有明の阿闍梨とのことを許しつつも、常に二人を自分の支配下に置こうとする後深草院の姿は、光源氏が晩年に迎えた妻、女三宮と、若き貴公子柏木の君が通じたのを、表向きは許しつつも次第に心で追いつめていく姿を彷彿《ほうふつ》とさせる。

現実と架空事。架空事を真似ぶことを帝王たる振る舞いの一つとしてしまっている後深草院。その院の架空事の中で生を受けた母二条。

母の生きること、書くことは、すべて、後深草院の架空事に絡め取られていってしまうのかもしれなかった。

五

産み月間近の身を寄せるのは、やはり四条大宮の乳母の所しかありません。有明さまは、お側に仕える者の所縁《ゆかり》ある邸がこの近くにあるからと仰せになって、私をそこへ密かに呼び寄せ、ご自身も御寺から忍んで来られます。

度重なれば並の男女のように心通うことも増えておりましたが、その分人目に触れる機会も増えて参ります。お相手は尊き異形《いぎょう》のお方ゆえ、私は世に漏れ出るのが恐ろしく思いました。されども、有明さまの方は「御寺を追われるなら追われよう。山里の柴の庵でも暮らして行けよう」などと、かえって世も憚らず、御仏をも恐れぬお心になっていかれるようでした。

十月も今日で最後という日、夜更けにお忍びの車がありました。御所からのお車のようで、どなたか院さまのお使いで来てくださったのだろうかとお迎えしますと、思いがけぬ事に院さま御自《おんみずか》らのお出ましでございました。

「人伝《ひとづて》でなく話したいことなどもあって、かように無理をして来た。身体の方はいかがか」

月明かりもありませんので、側の者に紙燭《しそく》など点《とも》させて、そっと居室へお迎えします。私の足許などお気遣いくださるのが、いつになく濃やかで有り難く思われました。

「いよいよとなれば、それとなく人なども遣わそう。さて、今日訪ねてきたのは、他のことでもない」

何にせよ、決して良い話ではあるまいと咄嗟《とっさ》に身構えておりました。

「阿闍梨殿のことだが。少し、度を超えてはいまいか」

やはり人は口さがないもの、既に院さまのお耳にまで入っているかと私は身も縮む思いでした。

「この私のことまで含めて、いろいろと取り沙汰して邪推する者も多いようなのだ。それで、やむなく策を弄することにした。言うとおりにいたせ」

院さまのお指図は、来し方の我が罪を否応なく思い起こさせるものでございました。同じ頃、院さまの御子を身籠もっていた女――どなたのことなのか、それは教えていただけませんでした――が死産であった。そのことはまだ世間には伏せてある。私の産む子を、そちらの所生としてお渡しせよ、との仰せでした。

かつて院さまを欺いてあの方の子を産んだ時に、私は似たようなことをして、娘を他所《よそ》へ渡しました。自分が昔犯した罪が、再び自分に返ってくる、まるで物語にでもあるような、因果な巡り合わせでございます。

「そなたの方は死産であったことにせよ。さすれば人の噂なども直に静まるだろう。あちらこちら考えての策ゆえ、心しておくように。産後しばらくはゆっくり人目を避けて養生いたせ。不足な物などがあれば何なりと届けるよう、西園寺に万端申しつけてある」

辛いとも酷いとも、言えば言うほど我が身が責められるのみ、到底院さまをお恨みする筋のことではございません。あの方にまで知れてしまっているとなれば、更に罪深さは重なるように思いました。お帰りの前に、向後も自分を頼りに思うようにとお約束くださった院さまを――先のことは分かるまいと思いつつも――有り難いと思うより他に道はございませんでした。

十一月《しもつき》六日のことでございました。その日も有明さまが例のお邸においでとは存じておりましたが、覚えのある間隔を置いた痛みが昼頃から腰を襲っておりましたので、動くことはできませんでした。お目にかかれぬ由、お言伝《ことづて》を差し上げますと、夜更けになってこちらへお訪ねになったのには驚きました。幸い古くから私を知る女たちばかり、それもごく数人が側にいるだけでしたので、密かに室内へお迎えいたしました。

痛みの治まっている折に少しずつ、先日の院さまのお指図をお伝えしました。有明さまは大層無念そうに、「そこまでせねばならぬのか」とお嘆きになります。

「確かに、私の側に置くことは難しいかもしれぬが。それでも、そなたの許からも引き離せとは」

悔しくお思いになりつつ、院さまの御意《ぎょい》ではやむを得ぬと自らお心を鎮めておいでになるようでしたが、私の方は痛みが次第に途絶えぬものとなり、いよいよと姿勢も移しました。

ご祈禱もご真言も忘れて、有明さまはただただ、見守っておいでです。女たちに腰を支えられ、白布に縋《すが》って、私は明け方に男子を産み落としました。

物慣れた女たちは、やや子を手早く清めて布にくるみ、有明さまにお見せしています。おそるおそる膝の上に載せた有明さまは、やや子の顔を覗き込み、大人にでもするように丁寧に話しかけておいでになります。

「よくよく無事に、この罪深き父の許へ。顔をよく見せておくれ。そなたの母との縁が浅からぬ証しであろうか。かように無事に生まれ出でてくれたということは」

もう二度と会えぬとお覚悟なされてのことだったのでしょう。周りの女たちはもらい涙に暮れて、誰一人、有明さまのお膝の上から、御子を離すこともできません。

夜が白々と明けて参ります。有明さまはお付きの者に再三促されて、振り返り振り返り、戻って行かれました。私は横になったままのお見送りでしたが、後ろ姿を拝しながら、いつぞやの繰り言の通りに、やや子と三人で山へ入ってしまえるならと、儚いことをつい考えておりました。

三日も経たぬうちに、やや子は連れて行かれました。表向きには、死産だったことになっておりますから、訪ねる人も便りもなく、静かに時が経って参ります。

有明さまが再びおいでになったのは、十一月の十三日でございます。あれからさほど日数も経ておらず、お側にお仕えの者も私の周りの者もどう思っていることかと気がかりでしたが、有明さまの方はさようなことにはもはや頓着なさらぬご様子でした。

その頃、都では人から人へと伝染《うつ》る悪疾《あくしつ》が流行《はや》り、日々多くの人が亡くなっておりました。

「世の無常を思い知ることばかり、身近に多くて。今日はどうしてもそなたに逢わねばならぬという気になってしまった」

この日、有明さまは儚いことばかり仰せになりました。後から思えば、それは何らかの徴《しるし》だったのでしょうに、私は気づきもせずに伺っておりました。

「いかような恵まれた境遇に生まれ変われるとしても、そなたがいなくては意味もない。藁屋《わらや》の隅でも良いから、側にいたいものだ」

手練《てだ》れの殿方の睦言《むつごと》ならば、いつ変わるかもしれぬ恋の手管《てくだ》と、切り返す言葉もございましょうが、有明さまの言葉には裏も巧みも感じられず、かえってお返事のしようもないのが、私には辛うございました。

お帰りになるはずの明け方が過ぎても、有明さまのお言葉は尽きず、日も次第に高くなって参ります。人目に付くよりはと、そのまま一日お過ごしになるのも、やはり何かお胸の内に騒ぐものがおありだったのでしょう。

「そなたが御所からいなくなったと聞いた頃、誰にも言えぬ思いを晴らそうと写経を始めたのだ。五部の大乗経《だいじょうきょう》を。どの巻にも、最後にそなたの名を書いた」

大乗経と言えば二百余巻に及びます。巻々に書かれたという自分の名を思って私は気が遠くなる思いでした。

「私は成仏など望まぬ。もはや望んでも叶わぬであろうが。それより、再び人間界に生まれて、そなたのただ一人の男になり、人の親となりたい」

お心の深いのは嬉しくも、なされようという経の企みが量り知れず、お答えのしようがありません。

「すべての書写は終えたが、まだ供養はしておらぬ。なぜだかお分かりか」

思いもつかぬことで、ただ困惑する私を他所に、有明さまは更にお言葉に力を込めました。

「贄《にえ》にするのだ。大乗経の法力《ほうりき》を転じて生まれ変わる。雌雄の契りが叶うなら、畜生道でも構わぬ、そなたと一つ所でさえあれば。だから、二百余巻は、この世では供養せぬ。私の亡骸を焼く薪に積んで、贄とする」

「それでは更に罪深いこととなりましょう。互いに同じ極楽に、同じ蓮《はちす》の上にと私は願っております。それではいけませぬか」

妄念もお鎮めしたく、努めて穏やかに申し上げました。

「いいや。私はそなたのせいで欲深になった。どうしてもこの願い、叶えたい。……きっと今死ねば、私の荼毘《だび》の煙は、そなたの周りを去らぬだろう」

恐ろしいことを言い募っておいでなのに、幼な子のように邪気のないご様子で、もはや反論もできぬまま、夜が更けて参ります。有明さまはいつしか私の膝にお頭《つむり》を預けてお寝《やす》みになってしまい、私もつられてうとうとといたしておりました。

預けられたお身体がびくりと揺れて、私は目が覚めました。有明さまも半身をお起こしになりましたが、首筋にも額にも、汗が夥《おびただ》しく吹き出しています。

が」

「どうなさいました」

「夢を。鴛鴦《おし》になった夢を。鳥の姿で、そなたの身体に入ったまでは、覚えているのだが」

有明さまはご自分の両腕をつくづくとご覧になりました。

「しかし、この汗は。魂が抜けたのかもしれぬ」

そう仰せになると、やがて泣き笑いのようなお顔で戸外の様子を窺い、「この暁には、戻らぬわけにはいかぬようだ」と装束をお取り上げになりました。せめてもと汗を拭って差し上げて、そっとお見送りに立ちました。

月はまさに山へ入ろうとし、照らされた雲がたなびいて流れています。目を移せば東の山は、空との境を白々とさせております。

あくがるるわが魂は留め置きぬ　何の残りて物思うらん
「魂はそなたの許に置いてきたはずなのに。物思いがこちらに残っているのはなぜだろうか」

幾程も経たぬうちに届けられた文は、哀しみも哀れも溢れ、思いついたままの歌をお返ししたことでございました。

物思う涙の色を比べばや　げに誰《た》が袖かしおれ優《まさ》ると
「お互いの袖の色を比べて、物思いの涙の深さを知りたく存じます」

六

……此の世ながらにては……

一夜《ひとよ》の……………………

病の床でお執りになったという筆の跡は乱れに乱れ、辛うじて読み取れたのはほんの数句。いったいこの前後は、何とお書きになっていたのでしょう。今となっては、知る術はございません。

鴛鴦の夢の夜が、生前の最後のお姿になろうとは、思いも寄らぬことでございました。有明さまは流行《はやり》の伝染病《うつしやまい》に罹り、あれから一箇月も経たぬうちに、この世を去ってしまわれました。

他のお見舞いの方々などがあるうちは、私など参らぬ方が良かろうと、ご遠慮しておりましたのが身の拙さで、形見のお言葉を直《じか》に承る折もないままになりました。

御寺を挙げての儀式に、私などが列するわけにもいきません。お側に仕えていて、こちらへのお伴に常々参っていた者が、密かに訪ねてきてくれたのは、年も暮れる頃でございました。

「いつぞやお取り替えになったという二条さまの小袖を、常にお側離さずお持ちになりまして。亡くなる前の晩、無理にお身体をお起こしになり、『これを着せてくれ』と仰せでした。『これはあの世への晴装束ゆえ、後で着替えさせたりしてはならぬぞ』と、幾度も念を押されまして」

私の小袖は、死出の煙となってお伴をしたらしうございます。

「こちらへお持ちせよと、お預かりしておりました」

麗しい蒔絵《まきえ》で榊《さかき》を描き出した大きめの文箱には、乱れ書きの文と砂金の包みとが入っておりました。かようにお心を尽くしてと思うと、一目だけでもお見舞いに上がらなかったことが悔やまれてなりません。

それにつけても気がかりだったのは、五部の大乗経の行方でございました。この世で法親王の御位に即かれ、阿闍梨さまと崇《あが》められていた方が、途方もない破戒の望みのために尊いお経を用いるなどとは、決してあってはならぬことで、何とかしてお留《とど》めしたく存じました。

「大乗経をお写しであったと聞いておりますが。それはいかがなさったのでしょう」

「はい。いかなる子細か存じませんが、厳しいご遺言がございましたので、御亡骸を焼く薪に積んで、燃やしたことでございます」

経に込められた妄念を知る者は私だけだったでしょうから、ご遺言のとおりにしたと伺えばそれ以上はどうしようもありません。

お使いの者は、大層有明さまをお慕いしていたようで、お優しくしていただいた生前のあれこれなどを語って帰って行きました。その後ろ姿を見送りつつ、お心に何の裏も邪気もなかった有明さまのお命を、縮めてしまったのは私であろうかと、取り返しの付かぬ繰り言を呟いておりました。

妄念をお晴らしするせめてもの償いにと、生前頂いた文の裏に法華経をお写しすることを日課として、いつしか年も改まりました。

四十九日には、頂いた金のうちから幾らかを包み、予て交流のあった某寺の聖《ひじり》に頼んで、密かに供養をいたしました。金の包み紙には、あの世へ届いて欲しい願いを書き付けました。

この度《たび》は待つ暁のしるべせよ　さても絶えぬる契りなりとも

「次にお逢いできるときは、ぜひ私を真の仏の道へお導きくださいませ」

以来、折を見つけては有明さまのために、ささやかな法要をするようにしておりましたが、御名を明らかにするわけにもいかず、「忘れてはならぬお方」などと書くしかなかったのも、悲しいことでございました。

気づけば今年になってから一度も院さまからはお便りも何もありません。その頃は東山にある、旧知の尼の庵に仮の宿りをしておりました。私の居所を院さまはご承知のはずなのに、有明さまが亡くなってからは、数度悔やみの文があっただけで、御所へ戻れとも何とも仰せがないのは、とうとうお見捨てになったのだろうかと思うと俄《にわか》に不安に駆られてなりません。ご法要に夢中になっていたとはいえ、迂闊なことでございました。

御自らお許しになったとは申せ、幾人もの他の殿方の弄《もてあそ》び者にされ、挙げ句に深い因縁にまで縛られた女を、もしかしたら院さまはそろそろ、面倒な者、目障りな者とお思いかもしれぬと存じました。

明日には山を下りて、院さまのご機嫌も伺う手だてを考えた方が良いだろうかと思いつつ、私は勤行疲れでうとうととしておりました。

「憂き世の夢は長き闇路ぞ」

白い影がふっと現れて私に縋り付き、身の内へ入るようにして消えました。お姿は紛れもない、有明さまでございます。

夢か現実《うつつ》かの別も定かでないまま、私は気を失ってしまいました。

どうやって四条の乳母の家まで戻ったのか分かりませんが、気づけば見慣れた居室に寝かされておりました。高熱を出して魘《うな》されていたと言います。

病がどうにか癒えた頃に、私は自分が再び身籠もっていることに気づきました。誰のお胤《たね》かと、考えるまでもございません。自ら望んだことではなかったとは言うものの、やはり深い因縁に繋がるお方であったかと、今更に面影が慕わしいのは、思いも寄らぬ成り行きでございます。

四月《うづき》の二十日過ぎにもなって、漸く院さまから出仕せよとのお言伝がございましたが、身重の身体が最も辛い頃で、病と称してご辞退申し上げると、お怒りを込めた文が届きました。

　面影をさのみもいかが恋い渡る　憂き世を出でし有明の月

「亡くなった人ばかりが恋しいか。私との古い縁は、もうどうでも良いと言うのだな」

有明さまを偲ぶことばかりに日を暮らす私のことをお怒りなのだと思うと、いたたまれない思いでございましたが、乳母の家の者などから様々聞き合わせた所では、どうもそれだけではないのでした。

私が亀山院さまのお情けを頻繁に受けているとの噂があると言うのです。なぜさような見当外れの噂が出たのかは分かりませんが、院さまがお怒りなのは、有明さまのことよりもこちらのせいだろうかと察する一方で、お怒りというような明らかな理由ではなくて、院さまのお心の風向きがついと変わる刹那《せつな》が、もしかすると有明さまのご逝去に際してあったのかもしれぬと、幼くよりお仕えした私には感ずるところがございました。

体調の落ち着くのを待って、五月に漸く出仕いたしました。表向きは何ら変わりはなく、院さまも特に何を仰せになるわけでもないのですが、常に薄紙で隔てを置かれてでもいるような、どうにも居心地の悪い日々が続きます。

お腹の子のことも気がかりでしたので、口実を設けて、六月《みなづき》には御所を下がってきてしまいました。

乳母の家も、これまでのことを思えば、人目を避けるには十分ではないと思われ、再び東山の庵に参りました。来し方、幾度かの密事の折は、それでも関わりがあって訪ねてくる人などもありましたが、こたびは本当に訪ねる人も便りもなく、聞こえるものと言えば、仏事の音か鹿の声くらいでございます。

八月の二十日に、無事に男子が産まれました。

まだ世の光も見ぬうちに父を亡くした子だと思うと不憫で、この子だけは離すまいと思いました。乳母を見つけることもできなかったので、自分で乳もやり、下の世話なども手ずからしたりするうちに、子の愛おしさというものが初めて真に分かった気がして、少しの間でも手放すまい、もう御所のこともどうでも良いとまで、思うようになっておりました。

七

がたん。

知らず知らず、荒い音がした。胁息が倒れ、手が震えていた。

こみ上げてくるのは、怒りなのか憐れみなのか、それとも、嫉妬なのか。

訳も分からぬ動揺が露子を襲っていた。


書き物の続きには、「四十日ほどは自分一人で世話していた」とあり、また乳母が見つかった後も、「床を並べて臥して」とある。

露子はいつしか、母二条を「子を産んでも育てられぬ人」と見るようになっていた。御所での勤めに流され、殿方との悪縁に流され、子を育てる時を持ち得なかった人と。

流されていく母の姿、柵《しがらみ》に否を唱えられぬ弱さに苛立《いらだ》ちを覚え、後深草院を始め、二条を弄ぶ殿方たちを不快に思いつつも、その行き着く先を知りたくて読み進めてきたのである。

有明の阿闍梨は、なさったことはともかく、その純粋な人柄に惹かれる所があったのだろう。院さまに御子を取り上げられる箇所では、露子は自分とその御子を重ねて切ない思いをした。

されどなのか、だからなのか、阿闍梨との第二子を慈しむ母の姿が、露子にはどうにも受け入れがたかった。

自分でもよく分からない。冷静に考えれば、束の間でも母親としての幸せのあったことを、良かったと喜んでやるのが娘としての心情であろうのに、なぜか露子には受け入れられぬ思いが強かった。

――嫉妬しているのであろうか。

何にだろう。母の産んだ子のうちでただ一人、その手許で育ったという、会ったこともない異父弟にだろうか。そうかもしれぬ。しかし、それだけではない。

母その人に、かもしれない。流され、弄ばれて、辛い切ないと言いつつも、どこか誇らしげに己が生を語る、その人に。語る術を持ち、語るに足る時を生きた、その人に。

この人が母だということを除けば、自分の生など余りにもありふれていると思うと、露子はどこかやりきれなかった。夫のただ一つの裏切りに拘り続け、人の死に醜い心を晒《さら》け出した自分が、小さく惨めな気さえしてくる。

誰に気兼ねもいらぬ邸を構え、衣食も足りて、はや気儘に、余生とも言うべき途は見えている。自分の方が遥かに平穏で満ち足りた日々を送っているはずなのに。母に比べたら、自分など幸せだと、単純に安堵しても良いはずなのに。

母の書き物はまだまだ続く。露子はこの居心地の悪さに、どこかでけじめが付くことを願った。

八

御所へ上がれば人手に預けねばならぬと、幼な子のことが気がかりではありましたが、さすがに十月にもなると、院さまも「どうかしたか」などと便りをくださいましたので、出仕をいたします。されど、夜伽のお召しは無論、近頃ではお食事や宴のお給仕でさえも、以前のように取り立ててご用を申しつかることはごく少なくなって、身の置き所なさは日増しに募るような有様で、これならば上がらぬ方が良かったかと思うほどでした。

院さまのさような風情が、ご近臣にも伝わるのでしょう、以前は何かと私を持て囃したような人々も、この頃では言葉もなく行き過ぎることが増えました。とりとめもない事柄でも変わらずお声を掛けてくださるのは、あの方お一人になっております。今では好色《いろ》めいた間柄でもなく、罪のない思い出話をしたりするくらいですが、ごく稀に娘の様子なども報せてくれるのは、有り難いことでした。

年が変わっても、御所でのお勤めにはなんの変わりもありません。装束の新調もままなりませぬゆえ、正月にうち続く晴れがましい席もどことなく場違いな気がしてならず、つい自分の局に引きこもりがちにしておりましたが、院さまも、それをまるで知らぬことと見過ごしておいででした。

何かと口実を拵《こしら》えては暇《いとま》を取り、預けた子の顔を見るのだけが、唯一つの楽しみでございます。会わぬ日の続いた後には、ふとした顔の動きや声に思いがけぬ新しみを見つけて、生い育つのが明らかに分かったりもいたしますので、この世に私を繋ぎ止めるのは、もはやこの子だけかもしれぬと思うようにもなりました。

秋のことでございました。珍しく、祖父の兵部卿から文がございました。

「局を片付けて、退がれるよう支度いたせ。単なる暇ではないぞ、改まって退がるのだ。夜には車を迎えに遣る」

何のことか分からず、院さまの所へ参上してお尋ねしようとしましたが、院さまは私の顔を見るなり、他へお立ちになってしまいます。東の御方さま――その頃は御位を賜われて、三位《さんみ》殿と申し上げておりました――が居合わせておいででしたので、思わず「何かお聞きでしょうか」と問うてしまいましたが、もちろんご存じのはずもなく、「さあ」と首を傾げておいでになるばかりでした。

四つの秋より童仕えに上がって、二十余年もお仕えしました御所でございます。突然改まって退がれと言われて、初めは意味が分からずにおりましたが、次第にこれはもうお出入りはならぬとのことなのだと得心すると、そのまま身が消えてなくなるように思われました。気づかぬうちに涙がこぼれて、何か悪い夢を見せられている気がいたします。

「どうかしましたか」

ただならぬ気配をお察しくださったようで、あの方がおいでになりました。

「祖父から、かような文が」

「兵部卿殿から。それは妙ですね」

大層ご心配はくださいますが、あの方にも全く成り行きの見当は付かぬご様子でした。日が暮れて参ります。もう一度お尋ねしようとすれば、更にご機嫌を損ねるだけだろうと分かってはおりましたが、せめて最後のご挨拶だけでもと思い、おいでと思しきあたりにふらふらと彷徨《さまよ》い出てしまいました。

院さまは、数人の殿方とご歓談なさっている所でした。私に気づいて、横目でこちらを睨むようになさるのも、侘びしいことでした。

「なんだ、今宵は。出て行くのか、さようか。いつでも構わぬ。許すぞ」

かように憎まれることを私はいつ仕出かしたのでございましょう。冷ややか過ぎるお言葉に、そのまま黙っておりますと、更に浴びせかけるように仰せになりました。

「絡み得る伝手《つて》でもあらば、また来たいとでも言うつもりか。さような青葛《あおつづら》など、見たくもない。許す、許す。退出を許す」

この時、私は薄物の絹に薄《すすき》を染め、そこに絡む葛《つた》を刺繍で載せた衣を着ておりました。このところ古い物ばかり着ていたのを、あの方が見かねて密かにくださったものでしたが、それもどうやらお気に障ってしまったようでした。

私はこの二十余年で初めて、院さまのことを心底からお恨みいたしました。これまで、いかようなことがあっても、切れるご縁ではないとお頼みしていた気持ちが、はらはらと砕けるのを感じました。

そのままいずこかへ身を隠そうかとも思いましたが、それもこたびはどうかと思い、祖父の寄越してくれた車へ、心を静めつつ乗りました。本当は祖父に会うのさえ、恥を晒すようで不快でしたが、落ち着いて事情を知らねばと忍びました。

久方ぶりに会う祖父はずいぶん老けたように見え、女楽の頃の勢いが嘘のようでした。

「東二条院さまより、たびたびそなたが目障りとお申し入れがあったとのことじゃ。正妃さまにさよう疎まれては、やむなきことよの」

祖父はそう言って、こちらへも寄越されたという、東二条院さまのご勘気を伝える文を私に見せました。

もはやそれを読むまでもないことでございました。私は祖父に迎えの礼を言って車を借り、邸を出ました。いずこへ行くかとも問われなかったのが、かえって安堵したような思いでもありました。

私のお勤めは、かように情けない形で、終わりの時を迎えました。

九

冊子の三冊目は、あまりにもあっけなく、母の御所での日々が終わったことを告げた。露子は放り出されたような思いがしたが、母の架空事《つくりごと》に初めて、哀れを覚えた。

——東二条院さまのご勘気などと。架空事に違いない。

有明の阿闍梨が亡くなって以来、母は後深草院には素気無《すげな》く扱われていたという。ならば、母には東二条院から疎まれる理由など、もはやないはずである。

東二条院の二条への不快については、これまでも時折書かれているが、それはたいてい、大宮院や亀山院など、二条が高貴な方々と同席した折だった。それが、この最後では、いかにも唐突である。

母自身もぽつりぽつり漏らしているように、御所を追われたのはやはり、後深草院の機嫌を損ねたからに違いない。自分で仕向けておいて勝手なご沙汰だとは思うが、後深草院は二条が疎ましくなったのだろう。飽きたと言っても良いのかもしれぬ。

露子には後深草院という方が、相変わらず理解できない。

ただ、推し量るに、他の殿方が二条に欲望の眼差しを向ければ向けるほど、二条を我がものであると誇り、殿方の欲望を煽って操りたくなってしまう、因果な性分を後深草院はお持ちらしい。それでいて、二条の方でそれらの殿方に少しでも心を惹かれる様子があると、忽ち不快に思うのだ。あくまで二条の心は我がものでなければならぬと。父の実兼がしばしば辛く当たられるのは、その為なのであろう。

二条を心底から欲した有明の阿闍梨が亡くなり、しかも二条の心の内に有明の影が強く残っている状態では、後深草院にとって、二条は目障りな欲望の空蟬《ぬけがら》のごとく映っていたのかもしれぬ。

二条自身、そのことに気づかぬはずはなかろう。後深草院をひたすらに恨めば良いのに、と露子は思いながらも、決してそうは書きたくない、これだけは譲りたくない、母の最後の心の拠り所を見た気がしたのであった。

後深草院から飽きられ、他の殿方からも顧みられなくなって、もはや華ではなくなった自分の姿を認めたくはないのだろう。母の誇り高さは、痛々しくさえある。

この期に及んでの亀山院との噂も、東二条院の勘気も、架空事なのではないかと、露子はつい容赦なく、母の筆の裏を抉《えぐ》ってしまう。

「初めて院さまのことを心底からお恨み」したと一言だけは記している母だが、それでも心の奥にまだ、自分が後深草院から真に疎まれたわけではない、翻せば、自分が院を恨んでいるとも認めたくなくて、他所に因果を求めたかったのだろう。「東二条院さまのご勘気」などという唐突な口実を持ち出さずにはいられなかったのは、その為だろうと思われた。

振り回され、弄ばれて、追放の憂き目を見せられてもなお、恨みたくない相手。情などという生やさしいものではなく、執念のようなものを、露子は感じ取っていた。

母の生が後深草院の架空事に仕組まれたものだったとすれば、その仕組み手の主との繋がりをどこまでも求めようとするのは、宿命なのかもしれぬとも思った。

——されど、この後どうするのであろう。

祖父の兵部卿の許も自ら辞してしまったようであるし、叔父の善勝寺とも既に交流はないようだ。実兼の庇護も表立っては受けられまい。伝手を頼って他家へ仕えるか、出家するしかないのかもしれぬが、二条のごとき立場になってしまっては、いずれも容易でないことを、露子もよく知っていた。

御所でのお勤めのように費《つい》えがかかる訳ではないが、尼になって落ち着いて暮らすにも、ある程度の後見は必要だった。養母のように在家のままなら、暮らし向きはそれまでと同様に実家か婚家が支えていることになる。されど、二条には既に落ち着ける実家と呼べる家はないようだ。とすればいずこかの寺へ入るしかないが、それも所領や寄進の多寡で扱いも変わることであるから、決して思い立ってすぐに叶うことではない。高位の貴族の出と言っても、身寄りのない女一人、容易に生きていける世ではない。

先が気になり、露子は四冊目を手に取って、表紙に目を奪われた。

これまでの三冊には、表紙に何も書かれていなかったのに、四冊目には、墨付きも黒々と、歌が一首、書かれてあった。しかもその上に、消し線が引かれ、傍書きが付いている。


願わくは花の下にて~~春~~《いつ》死なん　~~その二月の望月の頃~~

名高い西行法師の歌を書いて、母が書き換えたものらしい。下の句は消したきりになっている。

母の決然とした思いに触れたようで、露子は急いで丁を繰った。

行雲《こううん》の巻

一

正応《しょうおう》二年 己丑《つちのとうし》

二月二十日

月の出と共に、東へ向けて旅立つ。潔《いさぎよ》く捨てたつもりの都だが、二度と帰れるかどうか分からぬと思えば、心弱く涙もこぼれる。また、幼いまま寺へ入った御子のこと、二度とは会わぬと誓った娘のことなども、ふと頭を過《よ》ぎる。されど、三十には出家の身になろうと願っていたのを、二年遅れでこうしてやっと得た修行の機会、無にはすまいと思う。

逢坂《おうさか》の関。歌ではよく知っていたが、この目で見るのは初めてである。

折も折、盛りの桜の木の下に、馬を止めて休む旅人を見る。親しみを覚えてしまうのは、おそらくこちらの思いこみではあろうが。

行く人の心を留《と》むる桜かな　花や関守逢坂の関

「旅人の脚を桜が留めさせる。逢坂の関では花が関守をしているらしい」
鏡の宿《しゅく》に至る。

二月二十五日

美濃赤坂に至る。覚悟はしていたが、慣れぬ脚の痛みは思い描いていた以上で、悩まされる。どの宿でも遊女《うかれめ》が今宵の客を求めて漂い歩くのに出会う。この世を生きる辛さを見るようである。

今宵泊まる宿では、主《あるじ》の妹たちが遊女に出ていた。琴や琵琶を奏するというので、酒を振る舞って近くへ呼ぶ。琵琶を弾く方の遊女は、何やら物思いに沈みがちなのを、撥捌《ばちさば》きで取り繕っているように見えた。私にも覚えのあることなので、つい親しみをもって接したところ、向こうでも感ずるものがあったらしく、盃の敷き紙に歌を書いて寄越した。墨染《すみぞめ》の女が自分たちを招くのも不思議で、曰《いわ》くありげに思われたのだろう。

思い立つ心は何の色ぞとも　富士の煙の末ぞゆかしき

「ご出家を思い立った理由は何ですかと、出過ぎたことをつい、伺ってみたく存じます」
さような生業《なりわい》の者とも思えぬ風流に、こちらも心を動かされる。

富士の嶺《ね》は恋を駿河の山なれば　思いありとぞ煙立つらん

「そなたも恋にお悩みと見えます。私の出家も、やはり恋ゆえと申しましょうか」

二月晦日

尾張熱田《あつた》に至る。御社へ参詣。

尾張には久我《こが》家の所領があり、父は存命中、熱田社の大祭に毎年自ら選び抜いた神馬《しんめ》を奉っていた。それが、亡くなる前に行われた奉納では、父の選んだ馬が御社に着く前に萱《かや》津の宿で死んでしまった。尾張の国府から代わりの馬を奉ったとは聞いたが、やはりあの時は神が父の死期をお告げになっていたのだと、切なく思ったのだった。

脚なども痛み、なかなか歩も進まぬせいだろうか、つい悲しいことばかり思い出される。七日の参籠《さんろう》をさせていただいているが、この度の私の願いを、神はお聞き届けくださるだろうか。

三月三日

夕月夜《ゆうづくよ》が美しいのに心を奪われる。院さまは今頃どうしておいでだろう。一昨年、ご念願の通りにご子息が帝の御位に即《つ》かれ、ご自身はついに政《まつりごと》をお執りになっている。期するところなど大いにおありだろうなどと、面影もすぐ手が届くように思い出されるが、もはや私には関わりのないこと、ただただ、御代のご安泰を祈るのみである。

三月七日

参籠を終えて、再び東へ。鳴海《なるみ》の干潟まで来て振り返ると、霞の間から、熱田社の朱《あけ》の玉垣《たまがき》が見える。神々しさ、懐旧の情に、涙を禁じ得ない。

神はなおあわれをかけよ御注連縄《みしめなわ》　引き違《たが》えたる憂《う》き身なりとも

「思いがけぬ身の上になった私を、どうかほんの少しでも、神が憐れんでくださるように」

三月十七日

三河八橋《みかわやつはし》、清見《きよみ》が関と越えた。浮島《うきしま》が原という所で富士の嶺を見上げると、まだ雪が多く積もるようで、なるほど古歌の風情に違《たが》わない。ただ、名高き煙の方は、今ではすっかり絶え果てているらしい。

宇津《うつ》の山は、伊勢物語では、蔦《つた》や楓《かえで》が茂るとのことだったが、実際にはさほどでもなく、ここが宇津だと気づいたのは、もう山を越えてしまってからだった。少々心残りに思う。

伊豆の三島へ辿り着き、早速御社へ参詣する。身分ありげな壺装束《つぼしょうぞく》の女性が、苦しそうに幾度も往復していた。熱心なことだ、何の祈願だろうかと見つつ、心に抱えるもののあるのは、私一人ではないと、今更に。

三月二十二日
江島《えのしま》に至る。広々とした海に、岩屋が数多くある。私の泊まったのは千手の岩屋と呼ばれていて、山伏が修行していた。簡素な庵が清々しい。都から来たと言うと、珍しい貝を数々振る舞って、もてなしてくれる。この山伏も元は都の者だと聞いたので、扇を返礼に差し出すと、大層喜んでくれた。
波の音に寝付かれず外へ出てみると、空には麗しく下弦の月、後ろの山からは猿の声。都を離れても、物思いは追ってくるらしい。
明日は鎌倉へ入る。

二

母は尼になったのだ。それも、寺へ入るのではなく、諸国遊行《ゆぎょう》の尼に。

西行の旅絵巻に心を惹かれたという二条らしいとは思うものの、あまりの潔さに露子は驚きを隠せなかった。

草子の第四冊、表紙に書かれた「願わくは花の下にていつ死なん」を見て、母が出家する意志を強くしたものとは思っていたが、遊行までするとは思いもよらなかった。また突然旅の記になっただけでなく、殿方が書く日次《ひなみ》の記のように日月《じつげつ》が記されて、文章の調子まで変わってしまったので、露子は戸惑った。文字も、線の太い、区切りの分かりやすいものに変わってきていた。

第三冊の終わりでおそらく母は二十六。そこから六年、尼となり旅立つまでにいかような経緯《いきさつ》のあったものか、母は何も記してはない。

寺へ入る術はなかったのか。それとも、後見のない母は、寄進や所領のないせいで、寺で疎略な扱いを受けるよりは、いっそ憧れのとおり、西行の旅を真似ようと決めたのだろうか。されどそれは、余りにも思い切った振る舞いと思われた。

正応二年と言えば、露子が結婚した年である。前年に裳着《もぎ》の式を終えて、実兼を実父と知った。あの頃、母は都を出て、東海道を歩いていたということになる。

女が歩く。しかも、都を出て、一人。

それは、露子には全く想像の及ばぬ世界である。

露子は、いずこへ行くにも車に乗ってしか出たことがない。歩くと言えば物詣での参道くらいであったが、車を下りてから拝殿までのその道程《みちのり》はいつも、途方もなく長いものに思われた。石段で転げぬよう杖に縋《すが》り、ようやく拝殿に着く頃にはたいてい膝が痛み、足指に血が滲《にじ》んでいた。

唯一度だけ、邸から徒歩《かち》で詣でたことがある。あれはいつの秋だったろう。確か、養父はまだ健在だった。

その頃、夫は不在がちだった。女の許へ通っているのか、勤めが多忙なのか、それを確かめたいような、されど知りたくはないような思いで、日々暮らしていた。気晴らしに物語を読んでみても、夫を待つ女の話ばかりが目につく気がして、心が一層滅入るようだった。

気晴らしと思ったのか、あるいは、夫を幾分脅かしてやりたいと思ったのか、今となってはその時の気持ちも定かではない。ただ、ぼんやりと物思いに耽るうち、物詣でに参ろうと思い立つと、妙に気持ちが昂揚した。「物詣では徒歩で行く方が、ご利益があるというではないか」と、音羽を始めとする数人の侍女に慌ただしく支度をさせ、伴を命じて、徒歩で石山寺へ向かった。

壺装束の笠は、初めはどうということもないが、次第に少しずつ、首に重みが掛かってくる。秋とは言えど枲《むし》の垂《た》れ衣《ぎぬ》の中は蒸して、額にも首にも、歩く毎に汗が浮いた。途中、賀茂川に近づく頃には、誰かが報せたのであろう、養父の従者が幾人か、そっと後を尾《つ》けてきているのに気づいたが、露子は知らぬふりをしていた。

川を渡ろうとして、露子の脚は竦《すく》んだ。河原に、人が大勢折り重なって寝ていた。よく見ると、それは寝ているのではなく、死んでいるのだった。黒々と虫が集《たか》って、人の形をもはや留めぬ亡骸もある。

目を背け、歩を進める。山科《やましな》辺りに来た頃には、露子の胸には後悔の念が兆していたが、勢い込んで出て来た手前、引き返すとも言えなくなっていた。

「お方さま。少し、休みましょう。とても歩けませぬ」

侍女の言葉にむしろ自分が助けられる思いで、木陰に腰を下ろして休んでいると、涙が汗と一緒に流れてくる。笠も取らず、黙ったまま、養父の従者が前後に控えているのを目の端で確かめた。行き交う旅人が、懸守《かけまもり》の紅の襷《たすき》をした壺装束を、じろじろと無遠慮に眺めていく。どうしようもなく惨めな気がした。

結局、走井《はしりい》の泉辺りへ至る頃には、破籠《わりご》のご膳や、人目を避けて休憩を取るための引き幕などを携えた夫の従者たちが馬で追いつき、露子は表向き不服そうな顔を見せつつも、内心ほっとして休むことになった。打出の浜の渡し舟も、石山寺への報せも、養父か夫か分からぬが、行ってみれば既に手配がされていた。一行は人並みより幾分熱心な参詣者として迎えられ、七日間参籠した後、夫の寄越した車で戻った。

石山寺も瀬田川も、美しい所であった。潔斎《けっさい》の沐浴《もくよく》はこの上なく心地よく、御寺での勤行は心を洗われる思いがした。

されど、都へ戻っての日々が、それで何か変わるわけではない。そんなものなのだと露子は思うようになった。

その後も、物詣でには時折出かけたが、二度と徒歩で行こうとは思わなかった。己ではできぬことなのだと思った。

墨染の衣を着て、己の脚で歩く母。物語や歌に名高い名所を実際に歩きながら、見聞きしたものを率直に書く母。短く区切られるその文章は、母の歩みなのだろうか。

上皇の御所から、尼の遊行へ。

どこまでも娘の知らぬ世界を生きる母を、露子は再び追うことになった。

三

三月二十三日
鎌倉に入る。極楽寺で僧たちが行き交う風情には都に似通う所もないではない。されど、化粧坂《けわいざか》を越えて人の住まいの立ち並ぶ辺りが見えてくると、京で見慣れた町の広がりとはずいぶん様子が異なっている。平らな所は少なく、多くの住まいが山の稜線《りょうせん》に沿うように建てられて、まるで階《きざはし》に押し込められて並ぶように見え、いかにも見慣れぬ所へ来たという思いがした。
由比《ゆい》の浜へ来ると、大きな鳥居が見える。清和源氏の氏神、鶴岡《つるがおか》八幡宮であった。八幡を氏神とするのは、村上源氏の私も同じ末と参詣を思い立った。
都を出る前、石清水八幡宮へ参って、亡き父の後世《ごせ》を祈った。その際、何卒《なにとぞ》父に果報を、自分のこの世での幸運《さいわい》すべてと引き替えでも構わぬからと誓った。ここでまた、我が身が物乞いになろうともと、その思いを新たにする。

小野小町は、晩年落ちぶれて、竹籠を下げ腰に蓑を巻く姿で彷徨《さまよ》いながらも、「物思いを抱えるのは自分だけではない」と書き残したと言う。私などが今、こうして彷徨うのはむしろ当然の報いだ。

都の貴族たちは、浄衣《じょうえ》に着替え、白の狩衣《かりぎぬ》で参詣するのが常なのだが、こちらの武士たちは各々の直垂《ひたたれ》のまま参詣しているのが、どうにも風変わりである。

八月十日
前に記してより、ずいぶん日が経ってしまった。慣れぬ旅の病は恐ろしい。

こちらで将軍さまの側《そば》に仕える人の中に、遠い親戚にあたる者があって、さしあたりその者に厄介になるつもりで来たのだったが、邸に落ち着いた途端、寝込んでしまった。医《くす》師《し》を呼んではくれたけれども、「疲れでしょう。持病もおありかな」などと言うだけで、何の薬も手当もなかったのは、やむを得ぬこととは言え、心細さは否めなかった。

思えば父の存命の頃は、とるにたらぬ病にさえ、家中の宝と引き替えにしてでもと大騒ぎして、薬のみならず、神仏への祈願に至るまで手を尽くされていたものだ。

人とは失ってしまうまで、己の境遇の有り難みに気づかぬものであるらしいと、病み上がりに苦笑いが浮かぶ。

八月十五日
都ならば、石清水にて放生会《ほうじょうえ》の日である。鶴岡でも行われると聞いたので、出かけてみる。将軍のお出ましに、武士たちが威儀を正して並ぶ。狩衣姿や、帯刀の者の奉仕は都では見たことがないので珍しく思われた。所に相応《ふさわ》しく、立派なものである。中でも、平《へい》左衛門《ざえもん》入道頼綱《よりつな》の子息が侍所《さむらいどころのしょし》所司として仕えている様子は、都で言えばまるで大臣とも見紛う程の威勢であった。ごく少数、将軍の側に公家《くげ》姿で奉仕している者たちは、かえって萎縮しているようで見苦しくさえある。引き続く流鏑馬《やぶさめ》などの行事には、あまり興を覚えず。

八月二十日
かねがね、善光寺へ一度参りたく、案内人を頼んでおいたのだが、その者も私に少し遅れて病を得ていた。ようやく治って出かける支度をしていると、将軍さまに変事があるとの噂が頻《しき》りなので、暫く様子を見ることにした。
今の将軍さまは武を恃《たの》んで自ら職を得たものではない。帝のお血筋に連なる貴いお方を、わざわざこちらへお迎えしているのである。院さまや亀山院さまの甥に当たられるお方で、惟康《これやす》親王さまと申し上げる。

八月二十五日
幕府では、執権を務める北条《ほうじょう》の一族が力を持ち、将軍さまを蔑《ないがし》ろにもしかねぬ勢いであると聞く。いかなることかと思ううちに、惟康親王さまは職を解かれ、都へ帰されると言う。早くも御館《おやかた》をお出ましと聞いたので行ってみると、粗末な輿《こし》が運び込まれたところだった。親王さまがお乗りになろうとすると、野太い声が辺りを圧した。
「御輿は逆さまに運べ」
執権の遣いとして立ち会っていた平左衛門入道の指図であったが、前後を違《たが》えて輿を進めるとは、罪人を運ぶ作法である。驚き呆れ、いたたまれない思いで拝見していた。また入道が下仕えらしき年若の男に「御座所の御簾を切り払え」と命じ、藁沓《わろうず》を履いたままで、つい今し方親王さまが下りられたばかりの御座所へ上がるよう指図したのは、言いようもなく傲慢な様子であった。御館から、親王さま付きだった女たちなのだろう、女房装束のまま、顔を隠すことも忘れて走り下りて来た。皆そのまま輿を追いかねないほどに泣き崩れていて、とても見ていられない。
十月朔日《ついたち》
次の将軍には、院さまの皇子さまをお迎えするらしい。ご元服もまだこれからのお方である。すべては北条の思うままになるのであろう。

　善光寺へ行きたいが、新将軍を迎える儀式の支度に皆忙しく、誰にも相手にされない。それどころか、平左衛門入道の妻が、私が京の者であることを聞きつけて、装束の調整を手伝ってほしいなどと言ってきた。面倒だったが、固辞するのもかえって気取っているようである。遠縁の者の顔も立てて、行ってやることにした。

　行ってみると、先日見た将軍さまの邸より遥かに豪奢《ごうしゃ》で、調度のあちこちに金銀をあしらうなど、万事に美々しい住まいである。入道の妻は薄青地に紫で紅葉を描いた唐織物を着て出てきた。上背があり顔立ちも大振りな女で、紫の紅葉が異様に大きく映る。一つ一つは美しいと言えなくもないが、大仰《おおぎょう》過ぎる様子は気の毒にも滑稽にも思われて、目のやり場に困っていると、入道が萎《な》えた直垂《ひたたれ》の普段着姿で出てきて妻のすぐ横に座り、間抜けな笑みを浮かべて挨拶してきたのには、こちらまで萎える思いがした。

　聞けば都の装束とは、東二条院さまから下賜されたという五《いつ》つ衣《ぎぬ》であった。困り顔で、裁ち縫い方も着方も分からぬと言う。衣桁《いこう》を見れば、せっかくの蘇芳襲《すおうがさね》は色が逆になっている上、生地の向きも間違って縫ってあり、散々な有様である。裁ち縫いはもはや手遅れなので、せめて襲だけでもと改めさせた。

　執権の北条若狭守貞時《わかさのかみさだとき》の邸からも、室内の調度を検分してほしいとの依頼が来る。面倒だと思ったが成り行き上仕方ないので、行ってやる。入道の所よりはまだ良いようであったので、直すべき所を幾つか言い置いて、辞す。

四

名しか知らぬ、あるいは名さえも知らぬ土地。想像も及ばぬ鎌倉の習俗。見知らぬ人々。

鎌倉までできえ、露子には驚きであったのに、続きを読めば、この翌年には、母は思い通り善光寺参詣を果たしたのみならず、信濃にとどまって土地の一族の邸で世話になったり、武蔵へ戻って浅草という所の観音堂へ参ったりと、精力的に動いていた。信濃でも鎌倉でも、生来、人を惹きつける性分なのか、あるいは尼姿に変わっても、御所勤めで洗われた身のこなしは自然に外へ現れるのか、母は出会う人々にも恵まれていたようだ。

隅田川、掘兼《ほりかね》の井、小夜《さや》の中山。

歌枕と呼ばれるそれらの土地の名は、露子も知ってはいたが、行ったことは無論なく、歌の知識の一部でしかない。自分の脚でその地を踏むなど、考えてみたこともなかった。

武士や修行者、多くの人々と歌を交わし、歌に名高い土地を訪れ、実際の景色を確かめるように歩き続ける母の姿は、解き放たれて見えた。時折、来し方を思う感傷や、脚をしばしば襲う痛みを、思い出したように書き綴ることもあるが、それでも筆は躍っているように感じられた。

母は度々、「急ぐわけではないが、留まるというわけにもいかぬので」と書いている。初め、露子はこの言葉の意味するところがよく理解できなかった。されど、武士たちから布施《ふせ》を受け取ったり、善光寺で幾人かの尼と交流したりする母の有様を読むうち、改めて母の置かれた状況が分かった気がした。

漂泊する出家者たち。

土地に根を張る者は、訪れる彼らを手厚くもてなして、自分たちには叶わぬ思いを、遥かな祈りの旅を続ける者に託す。気づけば時を隔てた露子でさえ、母の旅の記に何がしか、灯《ともしび》を見つけたい思いで読んでいる。

逆に言えば、土地に留まる者は、もてなしの対象ではない。遊行の尼は、遊行している からこそ、日々の糧《かて》が得られるのだ。遊行の尼は、遊行し続けなければならない。露子は改めて、母の選んだ道の厳しさに思い至った。

——羨《うらや》ましい。それでも。

母が聞けば、旅の空で病を得る心細さも、日の暮れ方を悩ませる脚の痛みも、お前は知るまいと苦笑するかもしれぬ。されど、この草子を読み続けてきて、何の屈託もなく母を羨ましいと思ったのは、初めてのことであった。

この年の九月になって母は西へ向かい、十月の末には京へ戻っている。少し落ち着くのかと思いきや、「都にいるのも何かと差し障りも多いので」と、間もなく奈良へと向かった。

春日明神、法華寺《ほっけじ》、興福寺《こうふくじ》、中宮寺、法隆寺、当麻寺《たいまでら》。

奈良でも、母は健脚であった。春日明神と興福寺について「自分は藤の末葉《すえば》ではないので、これまであまり参詣したことがなかった」と書いてあるのを読んで、露子は、ああそうなのだと、これまで気にも留めなかった〝氏《うじ》〟というものに不思議な思いを抱いた。

貴族の子弟が所属する氏は、父の血筋で決まり、生涯変わることはない。母の生家久我家は村上源氏だから、氏神は石清水八幡。引き替え、露子は実父実兼の西園寺家の所縁に従って藤原氏。氏神の春日明神へは幾度か参詣したことがある。養父久永は橘氏だが、思い返せば、露子は橘氏の氏神である梅宮《うめのみや》大社へは、参詣した記憶がない。他家へ養子に入った者は、養家と生家の双方の氏神を祀ることも少なくないのだが、久永が実兼に遠慮してでもいたのだろうか。

自分と母とは別の氏神。それは、不思議な気がした。

男親と女親の違いかもしれぬが、今や、時折訪れる実兼より、会った記憶すら定かでない二条の方が、その生を身近に感じる。

母の大和路の旅は、聖徳太子の陵《みささぎ》に小袖を奉納することを以て、一応の結びとなったようだった。その後はしばらく近くの尼の庵に世話になって、年の暮れを迎えている。

明けて二月。母は石清水八幡へ向かった。
そこで起きたことに、露子は複雑な思いを禁じ得なかった。

五

正応四年辛卯《かのとう》
二月四日
奈良から都への戻り途、石清水八幡へ参ろうとした。心づもりしていたより道程が長くて、着いた頃には既に日も暮れてしまった。
宿る所を探し求めるうち、身分のある方のみがお使いになる御殿が開けられ、お迎えの支度がされているのに気づいた。どなたかのご参詣に行き合わせてしまったらしい。かような姿で、万が一昔の知己にでも出くわしては面倒だと思い、足早に行き過ぎようとすると、役人らしき者に呼び止められた。
「御所へ参上せよ」
「お人違いです。こちらへは、どなたのお成りですか」
「すぐに分かる。私は富小路《とみのこうじ》殿に仕える者だ。人違いということはあるまい。必ず参るように」

富小路は院さまの御所ではあるが、まさか院さま御本人ではあるまい、昔の朋輩などで、私の姿を見咎めた者でもあったろうかと、身の竦《すく》む思いで立ちつくす。墨染の衣、それも旅の空で萎《な》え窶《やつ》れた尼を、いったい誰が私と見たのだろうか。

促され、やむなく端の妻戸の前に立った。思いがけず、聞き覚えのある声が、御殿内より聞こえた。

「早く中へ参れ。人目に立つ」

声の主は、忘れ得るはずもなく、紛れもなく。

院さまも昨年ご出家なさったとは、風の便りで知ってはいたが、眼前にご落飾のお姿を見ると、それだけで胸がつかえて言葉もない。

「いかに様変わろうとも、私がそなたを見過ごすはずがない。そうであろう、我子《あこ》」

息災であったか、女の身で、どこまで遊行していた、と尽くされる言葉の数々に、お返事より涙が先に立つ。院さまはお袖で私の頰を拭ってくださると、ご自分の頰にひたと押しつけ、御身で私を包むようになさる。墨染の闇に罪の思いがちらと頭を掠《かす》めたが、強く引き寄せる御腕に抗うこともできぬ。

華奢な御身は、昔に変わらず懐かしく、幼き頃より慣れ親しんだ香が時の迫間《はざま》を埋めてこの身に満ちた。されど互いの身体に老いの波痕《なみあと》が明らかに探られるのは、やはり確かに過ぎた年月の徴《しるし》である。

捨て果てたはずの昔の幻が立ち上るのを、神は見咎められたであろうか。

お別れの際には、肌身にお召しの小袖を賜わった。

「人には言えぬ形見だ。何があろうと、肌から離すでない。……離すことは、許さぬ」

出家の身にあるまじき夜の形見を、墨染の下に着る。罪深い移り香に涙ぐまれる。

　重ねしも昔になりぬ恋衣《こいごろも》　今は涙に墨染の袖
「恋の思いを重ねたのは昔のこと。今は墨染の袖で、涙に日々暮れるのみ」

二月十五日
都に留まるわけにもいかぬので、父所縁《ゆかり》の熱田へ参ろうと思う。

実は熱田へは昨年も参った。鎌倉の人々から布施も頂いていたので、予《かね》ての宿願の一部をここで果たしたかったのだが、あれこれと差し障りが生じて、できなかった。こたびこそと思い、参籠のお許しをいただいた。

熱田の神は、厳しい神であらせられるのだろうか。

夜通し祈りを捧げようとしていたところ、突然、御社殿の屋根に火の手が上がった。火元は定かでなく、「ご神火だ、ご神火だ」と神職たちは恐れるばかりで、消すことも覚束《おぼつか》ない。私の目の前で、御社殿は見る影もなく崩れ落ち、灰になっていった。

夜が明けると、早速にご再建を志して、人々が集まっている。神職の一人が、ご神体をお納めしている「開けずの御殿」を確かめに行くと、この御殿は全くの無傷であったのに、なぜかご神体の入った御箱が外へ出ていて、御殿の前にまるで立ちはだかるようであったという。

こちらのご神体は「草薙剣《くさなぎのつるぎ》」と申し上げる由緒ある剣である。神代の古《いにしえ》、倭建命《やまとたけるのみこと》が火攻めにされた折に、草を薙ぎ払って火を点け、敵を迎え討つ為にお使いになったと伝えられる。

かように灼《あらた》かな剣の霊験を目の当たりにし、罪に罪を重ねた私の心弱さに、神がお怒りなのだと思い、神罰も恐ろしく、畏れ多さに今更身が震える。幸い津島という所まで行けば、伊勢へ参る渡し舟があるというので、大神宮に縋り禊《みそ》ぎをしたいとの思いで、出かけることにした。

大神宮は、私を迎え入れてくださるだろうか。

三月三日

伊勢の大神宮は、僧形の者が参拝するのを禁じていると聞いた。遠くからでも構わぬ、どうにかならぬだろうかと思って、外宮《げくう》の辺りで様子を聞けそうな神職を探し当てた。「二の鳥居をくぐって、大庭の辺りまでなら差し支えないだろう」と言ってくれたので、案内されるままに歩を進める。

「尼御前《あまごぜ》は、ずいぶん長旅のご様子だが、いずこからおいでか」

「都の方より。何卒、参拝をお許しくだされたく、お願いいたします」

「本来ならば、そのお姿のままこちらをお通しするわけには参らぬが。されど、ご熱心に、ご苦労を重ねておいでになったとお見受けする。神もお許しくださるだろう」

案内されたのは千枝《ちえだ》の杉というご神木の下で、御池を隔てて三の鳥居が見える所である。親切な若い神職は御幣《みてぐら》をかざし、「こちらからご参拝なさい」と言って、お祓いをしてくれた。志を有り難く受けつつ、澄んだ池水に映る清い景色をつくづくと見る。一方で、我が身に深く染みた罪は、お祓いを幾度受けたところでなかなか清くはなるまいと、つい憂きことを。

三月四日
こちらでも七日の参籠をしようと思い立つ。ご神域内で勤行を許す所があるだろうかと神職に尋ねると、他の社のように御社殿の近くなどにはないが、四、五町離れた所にならあると教えてくれた。法楽舎《ほうらくしゃ》という殿舎であった。
一日念誦《ねんじゅ》した後、近くにある観音堂に、尼が幾人か集《つど》っているようだったので、宿を借りたいと頼んだが、断られてしまった。不審な者ではないと知って欲しくて、歌を差し出してみた。

世を厭《いと》う同じ袂の墨染を　いかなる色と思い捨つらん

「皆さまと同様、仏の道を志す者です。何故お見捨てになるのでしょうか」

返歌はなかったが、宿は直ちに貸してくれた。互いに幾らか身の上なども語らう。

三月二十日

こちらの神職たちは皆風流心のある者で、私が都の者であると知ると、連歌《れんが》の会に度々招いてくれる。初めに出会った若い神職は、度会《わたらいの》七郎大夫《だいぶ》常良《つねよし》という者で、外宮一の禰《ね》宜貞尚《さだなお》の次男である。常良を始め、三の禰宜度会行忠《ゆきただ》、内宮《ないくう》一の禰宜荒木田《あらきだ》尚良《ひさよし》、二の禰宜荒木田延成《のぶなり》の後家など、歌を通じて多くの知己を得た。

中でも興のあったのは昨晩のこと。ずいぶん夜も更けてから、尚良の館の前を通りかかった。折も折、臥待《ふしまち》と言われるほど遅く出た月が、ちょうど尚良の館の上に昇った。余りに美しく輝いていたので、誰か館で空を眺めてでもいないかと見たが、残念なことに戸も格子もすべて下ろされていた。

大神宮では、外宮を月の宮、内宮を日の宮とも申し上げるらしい。次のような歌が思い浮かんだので、榊の枝に結んで、縁へ置いてきた。

月をなど外《ほか》の光と隔つらん　さこそ朝日の影にすむとも

「いくら日の宮のお方でも、これほど美しい月の光まで遠ざけなくても良いでしょうに」

尚良は今朝になって私の文に気づいたらしく、早速返歌をしてきた。
すむ月をいかが隔てん槙《まき》の戸を　開けぬは老いの眠《ねぶ》りなりけり
「これは不覚。月を遠ざけるつもりはありません。すべては眠たがりの老人の失態とお笑いください」

三月二十二日
あまり留まってもいられないので、明日からは二見浦《ふたみのうら》の方へ向かおうと思う。
これで伊勢も最後と五十鈴川を隔てた所から御社を改めて拝む。こちらの榊はどこの社よりも青く繁り、玉垣、瑞垣《みずがき》も一層神々しく見える。
この御社の屋根にある、千木《ちぎ》と呼ばれる箇所の造りは、他の御社とは少々違った形をしているのだと尚良に教わった。この宮が特に帝のお血筋を守護することに由来すると聞かされて、私は思わず「玉体安穏《ぎょくたいあんのん》、院さま参る」と呟いてしまった。この期《ご》に及んで、私などが院さまの御身の安泰を祈っても甲斐《かい》無《な》きことかもしれぬが、せめてもの志と思う。
思いそめし心の色の変わらねば　千代とぞ君をなお祈りつる
「院さまをただ一人のご主君と仰ぐ心は変わらない。千代までもと祈らずにはいられない」

六

四月朔日

二見浦へ行くと申したところ、神職の一人が案内人として同行してくれると言う。荒木田宗信《むねのぶ》と申す神主である。有り難く好意を受けて、あちらこちらと見て歩く。清き渚、蒔《まき》絵《え》の松、破石《われいし》、佐美明神《さびのみょうじん》。宗信によれば、破石は雷によって裂かれたのだそうだ。佐美明神は渚に鎮座なさっているのが珍しく思われた。

舟で、島々まで回る。答志島《とうしのしま》、御饌島《ごせんのしま》、通島《とおるしま》。御饌島は海藻が豊富で、摘んで神々に供えるという。また通島には、石で出来た回廊のような洞窟があり、海と繋がっていて、舟も通る程だと聞く。何かに付け見所の多い辺りである。

遥か古を偲《しの》ばせる社なども多い。中でも小朝熊《こあさくま》の社というのは、御神璽《みしるし》の鏡との所縁も深いと聞いたので、特に神々しい気がした。

四月十五日

昔御所にいた頃、下仕えに照月《てるづき》という名の者がいた。伊勢の神職の所縁の者であったらしく、この照月を伝手《つて》として、院さまの御所からお便りがある。どなたかの代筆だろうと思って開いてみた文は、紛《まぎ》れもない院さま自らの御手蹟《て》で、胸がいっぱいになる。

「二見浦の月は、御所を忘れるほど美しいか。都へ帰ってくる折はないか」

様子をお尋ねくださるお言葉は嬉しいが、いつ帰るなどとは到底言うべきことでもないので、ただ歌を一首、奉る。

　思えただ慣れし雲居の夜半《よわ》の月　外《ほか》にすむにも忘れやはする

「これだけはお分かりくださいませ。いずこにいようと、御所を忘れることはございません」

四月二十日

熱田の宮も再建を始めているらしいと聞く。暇《いとま》の挨拶に行くと、尚良は「九月《ながつき》の御斎会《ごさいえ》の頃には、ぜひまたこちらへおいでなされ」と名残を惜しんでくれた。歌に添えて、絹二巻を土産にと寄越したのは、重ね重ね有り難い志であった。

　神垣にまつも久しき契りかな　千年《ちとせ》の秋の九月《ながつき》の頃

「神垣の中で、九月まで待っておりましょう。千年の齢《よわい》を保つ松と共に」

四月二十一日

鵜《う》はあな憂《う》とて岩に寄るか　鯨苦しとて磯に寄るか

遥か波路分けても末に　思う人だに契りあらば

舟の出る潮目を待つため、海人《あま》の塩焼小屋で仮寝をしていると、どこで聞き覚えたか、戯《ざ》れ歌の端が思い浮かぶ。いかなる所でも思い合う人と共にあらばと歌には言うが、海にも山にも、契りはおろか、浮かぶ瀬も逢坂もない我が身は、漂うのみである。熱田の宮での祈願は、叶うだろうか。

永仁《えいにん》元年　癸巳《みづのとみ》

八月二十日

昨年今年と、あれこれと差し障りも生じたり、病を得ることもあったりして、なかなか思い切った行《ぎょう》にも出られずにいる。都はやはり住み慣れて懐かしき地ではあるが、留まっていると何かと思うようでないことが多いので、筆を執ることもせず、無為に過ごしてしまった。

鎌倉で何かと懇意であった飯沼の一族が、この夏に逆賊として誅せられ、飯沼も命を絶たれたと聞く。盛者必衰《じょうしゃひっすい》は世の理《ことわり》とは言いながら、驚きも哀しみも新たになる。せめてもの供養と読経《どきょう》をする。

院さまから「都にいるのなら一度参れ」とお言伝《ことづて》を度々いただく。儚《はかな》い仮の宿りをわざわざ探し当ててのお心は有り難いが、いつぞやの心弱さを思うとお目にかかる気持ちにはどうしてもなれぬ。その都度《つど》、丁重にお詫びだけをお伝え願っている。

八月晦日

近々、院さまは伏見の御所へお出ましになるらしい。「伏見ならば人目にも立つまい。次の十五夜にはいかにても」とお文で幾度もご催促があり、遣いの者も強い調子で頻りに促すので、押し切られるように承諾はしたが。

九月十四日

お約束の夜は明日。懐かしいような、恐ろしいような。

己のためにだけではない。志は強く持とう。言葉を尽くせば、分かってくださらぬお方ではない。たとえ一時、お怒りに触れようとも。

九月十五日

遣いの者に従って伏見へ参る。こちらは、昔は自分が人を案内していた場所だから、人に案内されるのも妙な気がする。

ご寝所の次の間でお待ち申し上げる。懐に入れた白扇を墨染の衣の上から確かめる。ゆっくりとした足音が聞こえた。

「久しいな」

お声を聞き、私はそっと目立たぬように、己の膝の前に閉じた白扇を置いた。踏み越えてはならぬとの、戒めのつもりであった。

「幾度も召したものを。なぜ、もっと早く参上せぬ」

満月に照らされる院さまは、以前と変わらず容貌麗《みめ》しくおいでだが、昨年五十賀《ごじゅうのが》をお祝いになったという年月は隠れなく、いくらか頬削げ、額に皺も刻まれておいでになる。

「世の交じらいは、断ちました。誓いも、立てましたので」

「そうか。分からぬとは言わぬが。されど、私もはや出家の身。女のそなたが、遊行にまで身を沈めているのを、親とも夫とも頼まれたはずの私が、どれほど気がかりに思ってきたことか。男はともかく、女の身で遊行は何かと差し障りも多いであろう。身清く、男に肌も触れさせずとは、なかなか叶うまい。いったい鎌倉でも伊勢でも、いかような者の世話になっておった。咎めているのではない。心配して言っているのだ」

殊更にお優しそうなお声、ため息。顔を覗き込むようにこちらをご覧になる目を、私はようやくほんの一瞬だけ、正面から見交わすことができた。

「お疑いはご尤《もっと》もではございますが」

目を落とし、白扇を見つめながら、私は切り出した。思えば、院さまにかようにお言葉を返すなど、来し方に一度でもあったろうか。

「御所を出て十年、今では、時として野にも宿るほどの拙き身ではございますが、一度思い捨てた愛欲の道、二度とは踏み迷おうと思いませぬ。東は隅田川、南は大和路の果てまでも参りましたが、いずこの宿りと言えど、男に身を任せて得たということはございませぬ。もし私の申しように偽りがあったならば、地獄へでも、餓鬼畜生へでも、とうに堕ちていたことと存じます」

上目遣いに院さまのお顔を見た。お顔に浮かんでいるのは、お怒りの色ではないようだった。

「二葉《ふたば》にて母に別れ、十五で父を送りました。両親に縁の薄い私を、親とも夫とも主《あるじ》とも、すべての縁《えにし》で慈しんでくださったお情けは、決して忘れはいたしませぬ」

迂闊《うかつ》にも涙で言葉が途切れそうになり、息を深く吐いた。

「思いがけぬ形で御前《おんまえ》を去って後も、御幸《みゆき》と伺えば、物陰から密かに御輿を拝し、同じくお側にいた方々が、皇子を産み参らせ、世に重んじられて、生家までも栄えていくのも存じておりました。私一人、何故かような身に堕ちたかと、恨めしく思ったことは一度や二度ではございません。されど、人を恨み羨《うらや》み、己を責め苛《さいな》んで生きるのは、虚しきことであると、いつしか思うようにもなりました。遊行に出ましたのは、さような己の思いを確《しか》と突き詰めてみたかったからでございます。武家の館でも、僧侶の坊でも、宿を借りる引き替えに、都の知見や歌を求められたことは確かにございます。不届きな者に出会いそうになったこともございます。世には、女の修行者はそうした中で身を危うくするゆえ、修行は成り難いと申すようですが、私の身の上を御仏も憐れみくださったのか、幸いさような目に遭うことなく、ここまで参りました。その代わりに、霜夜の独り寝に震え、紅葉の下で鳴く虫と声を通わすことも珍しくはございませんでした」

院さまは暫く黙っておいでであったが、やがて掠れた声で仰せになった。

「そうか。されど、都ではいかがか。古き柵《しがらみ》に掛からずに流れ行くのも難《かた》かろう」

もう一度、白扇を見る。泣いてはならぬ、声を震わせてはならぬと、胸のうちに呟いた。

「まだ四十路《よそじ》も手前、拙き身の上でございますから、先のことは分かりませぬ。ただ、今日ただ今まで、古きにせよ新しきにせよ、いかなる柵も、私を留めるものではございませぬ。……ただ、ただ、お一人のお方を除いては」

月の光が蒼くなった。沈黙が長い。

「さようか」

院さまは長いこと、月の方に顔を向けていらした。

「……行き違った宿命《さだめ》は、二度と戻らぬということか。私はいずこかで、大きく間違ったのかもしれぬな。我子《あこ》……」

私は院さまのお言葉を遮《さえぎ》った。

「どうぞ、許せなどとは、仰せにならないでくださいませ」

九月十七日

一昨夜のことは夢のようにも思われる。ただ、今日の午後になって院さまから、尼の衣、念珠、紙、墨など、今の我が身に相応しい包みが届けられた。長い遊行にも耐えられそうな贈り物の数々を押し頂き、御所の方を向いて合掌する。

包みの中に、芳香漂う小さな金襴《きんらん》の袋が入っていた。何やら紙が一枚入れられてあったので、丁寧に取り出して広げると、紛れもなき御筆で、次のごとく認《したた》められていた。

此ノ尼僧ハ富小路殿所縁ノ者也。

文字の下には、院さまの御花押《かおう》がある。何かの時には身の助けにせよとのお心遣いであろう。

涙で濡らさぬようにと慌てながら、されど丁寧に畳み直し、元の通りに納めて、懐にいつまでも押し頂く。

九月二十日

留まってもいられないので、再び伊勢へ行こうと思う。こたびは、奈良から伊賀を経て参るつもりである。

七

——母さま。それでよろしいのですか。

露子はどこか釈然とせぬ思いで、四冊目を置いた。

邪推とも思える後深草院の問いに、必死の思いで言葉を尽くす母。おそらく一生に一度の抗弁だったのだろう。

院は納得したようである。詫びる気持ちも抱いたのだろう。しかし、本当にそれだけで、母は良かったと言うのだろうか。

石清水で母が後深草院と一夜を共にしたと知った時、露子は草子のその丁を破り捨てたいほどの憤りを覚えた。

出家の身の母が、戒を破って男と一夜と共にしたからではない。

肌を許した相手が後深草院だったからである。

もし仮に、母が旅路の窮地を脱するため、己が身を救うために、やむなく誰かの——例えば鎌倉の飯沼などの——意に従ったのであれば、破戒といえども、酷いこと、遊行の尼の辛い試練として、露子は心から同情できたであろう。

されど後深草院との一夜は、意味が異なる。御所を出て六年後にようやく尼となり、武蔵、信濃、大和と、二年も重ねた遊行の道程を、それは無にしてしまう逢瀬ではなかったのか。その人故に世を捨て、その人故に彷徨っている。その人を前にし、懐かしい声をかけられて、揺らいでしまった気持ちを全く理解できぬというのではないが、だからこそ、他の誰でもなく、その人とは肌を合わせてはならなかったのではないのか。

愛欲の淵を自ら体験せぬ者には、所詮切実なる身の震えは分かるまいと、母は言うのかもしれぬ。されど、娘として、露子にはどうしてももどかしく、苛立たしくてならなかった。

熱田の神の畏れ多い啓示、伊勢の大神宮のご神域の穏やかな癒し。過ちから二年を経て再び後深草院に逢うとき、母がいかなる決意を持って臨んだか。

「お言葉を返すなど、来し方に一度でもあったろうか」という母の思い。その思いは、これで救われるのか。「大きく間違ったのかもしれぬ」などという院の言葉で、母は思い切れると言うのだろうか。

本当にこれで良いのだろうか。

……人を恨み羨み、己を責め苛んで生きるのは、虚しきこと。

それは、そのとおりだろう。されど、人はさほどに容易《たやす》く、恨み羨みを消せるものだろうか。許せるだろうか。

遊行とは、さほどに心洗うものなのであろうか。

物思いに耽り始めた露子を、人の騒ぐ声が遮った。庭の向こう、中門のある辺りである。訝《いぶか》しんでいると、音羽が困惑顔で入ってきた。

「お方さま。申し訳ありませぬ」

「何事。押し入ろうとする者でも」

昼日中に襲ってくる賊もなかろうとは思うが、決して油断のならぬ時節ではある。

「いえ、それが。先日来、幾度も訪ねてくる、老尼なのでございます」

「老尼」

「はい。いずれの仲介もない者でございますので、度々追い返しているのではございますが、懲《こ》りずに幾度でも参りまして。今日は、どうしてもお方さまにお目に掛かるまでは帰らぬと、ご門前に座り込んでしまったのでございます」

――何者だろう。

「用件や身元など、何か申すのか」

「いえ、それが。お方さまに直接でなければ申せぬと、頑として聞きませぬので」

――まさか。いや、それはあり得まい。されど、万が一……。

「構わぬ。通せ」

「よろしいのでございますか」

「座り込みなどされては、こちらも外聞が悪かろう。大殿さまにご迷惑をおかけするようなことになっても困る。会ってみよう」

「さようですか。お方さまがそう仰せならば」

やがて案内されて入ってきたのは、露子がもしやと思い描いていた、旅窶《やつ》れた遊行尼ではなく、むしろこざっぱりと身を整えた、明らかに在家のままと思われる尼であった。

階《きざはし》から縁に上げてやり、円座《わろうだ》を勧めると、丁寧にお辞儀をして座った。

「度々の推参《すいさん》、申し訳もござりませぬ。どうしても、こちらの北の方さま、直々にお願い申したきことがございまして」

「さようか。して、そなた、いずれの者か。願いの筋とはいかに」

尼は、人目を憚るように辺りを見回し、音羽をちらりと見遣った。

「構わぬ。この侍女は、私にとっては姉妹同様の者。他には誰にも漏れぬはず」

促されると、尼は必死の声を振り絞りながら、頭を床にこすりつけた。

「お願いでございます。お願いでございます。どうか、幼い娘を一人、こちらのお邸でお召し使いくださりませ。お方さまにも、決して所縁のない者ではございませぬ。今日は、お怒りを覚悟で参りました。もはや他に、縋《すが》る所はございませぬ。お方さまがお見捨てになれば、娘は裳着もせぬまま、尼になるより他、途はございませぬ」

「そなたもしや、五条の」

己の口から出た声が思いもかけず甲高《かんだか》かった気がして、露子は慌てた。尼は露子の様子に構うことなく、更に言い募った。

「ああ、やはりご存じでしたか。亡き姪が、さぞお目障りで、ご不快なことでございましたでしょう。代わって、幾重にも幾重にも、お詫び申し上げます。ですが、残された娘には、何の罪もございませぬ。何卒、お慈悲を、お慈悲を」

尼の願いの向きをおおよそ察した露子は、こみ上げてくる感情を辛うじて抑えた。

尼は、五条の女の亡き母の姉、伯母に当たる者であった。子はなく、夫と二人でひっそりと暮らしてきたが、その夫にも先立たれて三年になる。身寄りは東山で僧侶となっている兄一人だと言う。

「僅かではありますが、夫の遺《のこ》してくれた財産を整理し、兄の伝手でさる尼寺へ入れることになりました。ただ一つ気がかりなのは、姪の忘れ形見の幼き娘。兄は、他に為しようのなくば、寺へ伴って尼にせよと申します。されど、それではあまりに」

年を重ねれば重ねるほど、女の齢は見かけでは分からぬものではあるが、見たところ、老尼は露子の養母より幾分年上らしい。五条の女が遺した娘を成年まで面倒見るには心もとないであろう。

「お方さま、お願いでございます。何卒、こちらでお召し使いくださりませ。決して素性の怪しい者ではございませぬ。姪を怪《け》しからぬとお思いなのは、十分、弁《わきま》えておるつもりでございますが、もはやお方さまの他、お縋りできる所はございませぬ」

五条の女の素性は、老僕の調べで分かっている。父親はさる名家の家司《けいし》をしていた者だったらしい。その父が存命だったならば、女にも全く違う暮らしがあったことだろう。

尼は、言うべきことは言ったと思ったのか、頭を床にこすりつけたままの姿勢でいる。

いかがいたしましょう、と音羽が目で訴えてきた。

夫が他所《よそ》で生ませた子を、正妻が引き取る例はよくあることではある。ただそれも夫が生きていればのことだ。夫亡き今、露子には引き取る義理などどこにもない。今更、生さぬ仲の子、死んだ愛人の遺した子を引き取れと言われても、到底受け入れようという気にはならぬ。引き取れとは言わず、召し使ってくれと謙《へりくだ》った言い方をするのは、その辺りも一応配慮したつもりなのであろうが、尼が卑下した態度を示せば示すほど、言いようのない不快感が溢れてくる。叫び出したいようなのを、露子は瀬戸際で持ち堪えていた。

「話は分かった。こちらも何かと相談すべき所もある故、すぐに返答はできぬ。そなた、今は五条におるのか」

ここですぐに断れば、かえって面倒なことになりそうであった。とりあえず、露子は老尼の居所を尋ねた。

「はい。以前の住まいは人手に渡しまして、今は五条で幼い者の面倒を見ております」

「さようか。ではいずれ、文を遣わそう。音羽、お客人をお見送りせよ」

床に付けられている老尼の頭を、露子はそれ以上見ていたくなかった。一人になりたかった。

「はい。それでは」

音羽に促され、深々と幾度もお辞儀をしながら去っていく尼を、露子は目の端で見ながら、深々とため息を吐いた。

――母さま。

どちらの母を呼んで出たものか、露子自身にも分からぬため息であった。

日月《じつげつ》の巻

一

老尼の闖入《ちんにゅう》でひどくかき乱された気持ちを、露子はどうにかしたかった。

幼き娘は哀れかもしれぬが、何も路頭に迷うと言うのでもない。寺へ入る途があるというのなら、それはそれで良いではないか。世にはもっと酷い目に遭っている者が幾らもあると、その昔、徒歩詣《かちもう》での際に見てしまった河原の亡骸の数々を思い出したが、その記憶は露子を更に不快にさせただけだった。

「露さま。入りますよ」

珍しく、養母がこちらの部屋を訪れてきた。万事に控えめで、詮索などということは何事にも一切思いも寄らぬ様子の養母だが、露子が実兼から頼まれて熱心に何やら読みふけっていることは察しているらしい。露子の方から訪れぬ限り、この頃は滅多にこちらへは顔を出さなかった。

「養母《はは》さま。すみませぬ、先ほどの騒ぎが、お念誦《ねんじゅ》の妨げになりましたか。何やら勘違いした尼が、邸内へ無理矢理入ろうとしたらしうございまして」

言い繕った露子に、養母はそう、と疑う様子もなく頷いた。

「露さま、お願いがございます。先日、暫くしたら物詣でに参ろうと言うてくださったでしょう。実はその折に供養したい物がございますから、七日の参籠《さんろう》が叶うよう、心づもりしてもらえませぬか」

「参籠して、ご供養ですか。ええ、それは構いませぬが。養母さま、何のご供養でございましょう」

「ええ」

養母は少し躊躇《ためら》ってから、答えた。

「亡き殿と交わした手紙を裏返して、経を書いておりましたの、ずっと。寄る年波で、目も手もなかなか言うことを聞きませぬけれど、少しずつ。ようやく切りが付きそうですから」

「養母さま……」

養母はにっこりと笑って言った。

「今ではね、来し方の何もかも、すべてこれで良かったというのではないけれど、やはり、こうでしかなかったと。……まあ、すみませぬ、訳の分からぬことを。老い人の繰り言でございますよ、お気になさらずに」

邪魔をしましたね、思いついたことは忘れぬうちに言うておかぬと、年寄りは気がかりでならぬのです、お許しをと言いながら、尼姿の養母はゆるゆると廊下を自室へ戻っていく。養父を「亡き殿」と呼んだ後ろ姿を見ながら、「繰り言」と言った言葉の意味を思った。

決して詳細に語ろうとはせぬ養母の「来し方」。草子五冊に亘《わた》って突きつけられた実母の「来し方」。

生《な》さぬ仲の子を慈しみ、ただ一人の夫を支え続けた家の女と、子を生しても育てられず、宮廷の華から遊行《ゆぎょう》の尼へと転じた女。

全く異なる生き方をしてきた二人の女だが、出家を機に得ようとしている境地は、実は近い所にあるようにも思える。若い頃に一度だけ、互いに相まみえる機会を得ていたらしい二人の母について考えながら、どうしたものか、露子の目の前には、先ほどここで床に頭をこすりつけていた老尼の姿がちらちらと浮かぶ。

——五冊目を、読み終えたら。それから、考えよう。

読み終えたら、幾つもすべきことがある。二条の歌の抜き書きを清書して実兼に差し出さねばならぬし、息子に物詣での手配りも頼みたい。気の重い老尼への断りも、それらと共にしてしまおう。

手にした最後の一冊。開くと、「乾元《けんげん》二年　癸卯《みづのとう》」とある。

四冊目は永仁《えいにん》元年の記事で終わっていたから、一気に十年経ってしまったことになる。

露子はぱらぱらとめくってみたが、どこにも「永仁」や「正安《しようあん》」といった、間の元号は見あたらない。母が日記を書かなかったのか、あるいは書いた物が何らかの理由で散逸してしまったのかは分からぬが、少なくとも今手許にある五冊の内にはないらしい。

永仁元年の母は三十六。今の露子と同年である。それから十年。四十六という齢《よわい》は、露子のまだ見知らぬ行く末にある。

「正月二十日　この西国にも、そろそろ留《とど》まるべきでもないので、都へ向かおうかと思う」

母はまだ、遊行を続けているらしい。

二

正月二十日
この西国にも、そろそろ留まるべきでもないので、都へ向かおうかと思う。恐ろしい目に遭ったりもしたゆえ。
昨秋、厳島《いつくしま》の社《やしろ》への参詣を思い立った。船路の果てに辿り着き、波の上遥かに聳《そび》え立つ尊いお姿を拝したまでは良かったのだが。

船で知り合った、感じの悪くない女に声をかけられて、備後《びんご》の和知《わち》へ立ち寄ったのが、今思えば面倒の始まりであった。実はこの女の家では、人を拐《かどわ》かし同然に集めてきては取り込めて下人《げにん》にし、牛馬のごとくこき使ったり、あるいは他所《よそ》へやって金品と換えたりしていたらしい。私も同様に扱われそうになり、大層恐ろしい思いをした。

世に何が幸いするかは、分からぬものだ。昔鎌倉へ行っていなかったら、一体今頃どうなっていたことだろう。

私を助けてくれたのは、広沢与三《ひろさわのよぞう》入道という人である。もう十年以上も昔、鎌倉で、飯沼の催す連歌《れんが》の会で同席したことがあった。広沢が地頭を務めるのはこのあたりであったらしく、しかも幸いなことに、本人がこちらへ来ていたのであった。

聞けば、和知の主は、広沢の甥に当たるという。私が請われるままに襖《ふすま》に絵を描いてやったり、歌を作ってやったりしたので、甥がこのまま私を留め置きたいと思ったらしい。強引なことで大層申し訳なかったと、広沢は後からずいぶん言い訳をしていた。

広沢に会えるまでは、院さまのお書き付けを出そうか出すまいか、出したところで裁く人もないのでは御名を汚すだけに終わるかもしれぬ、かような西の果てで下人として取り込められて身が朽ちるかなどと、様々に思い苦しんでいた。連歌の縁を忘れなかったお蔭で、怪しからぬ申し立てから逃れられた。のみならず、広沢はしばらくの宿りと帰途の見送りまでも手配してくれた。世の縁、情けとは、有り難いものである。

正月晦日

まだ寒さが厳しく、海も荒れるので、船はもうしばらく待たねばならぬと聞く。広沢の志は有り難いが、何やら、今更になって気持ちが弱くなって、都のことばかり思われてならぬ。早く帰りたい。

二月晦日

ようやく帰都が叶う。

落ち着くというのではないが、しばらくは都からさほど離れず、隠れ住もうかと思う。

昨年の十二月《しわす》に行われたという、院さまの六十賀のことを噂に聞く。石清水で頂いた御形見、三枚の小袖のうち、一枚は熱田の社で、もう一枚は讃岐《さぬき》の松山で、いずれも写経の供養に布施《ふせ》として奉った。残りの一枚、これは院さまが御肌に直にお召しになっていたものである。手放してはならぬとのお言葉を思い返すまでもなく、これだけは何があろうと手放すまいと思うが——罪深き妄執だろうか。

何やら、来し方のことばかり、この頃は思い出されて、気弱になる。写経どころか、読《ど》経《きょう》さえも物憂く。

嘉元《かげん》二年甲辰《きのえたつ》

正月二十五日

院さまは今頃はいかがと、今年になって、どうしたものか気にかかってばかりいる。今では、こちらからお文を差し上げる伝手《つて》もないので、お噂に耳を傾けるのみであるが。月の初め頃よりご病気と伺っていた東二条院さまが、とうとうお亡くなりになった。お恨み申し上げたこともあるお方だが、ご逝去の報を聞けばおいたわしい。御子さまは幾人かおいでであったのに、早世なさった方が多く、今では遊義門院さまお一人になってしまわれたらしい。この姫宮を殊に可愛がっておいでであったことなども思い出される。今となっては差し上げることもできぬが、哀悼の歌が心に浮かぶ。詮無いことだが、この日記には書き留めておく。

さてもかく数ならぬ身は永らえて　今はと見つる夢ぞ悲しき

「尊い方が先に逝き、私のような者が命を存《ながら》えているのは、言いようもなく侘びしい」

六月十日

院さまがご病気と聞く。ご平癒を願う御修法《ずほう》が行われるらしいというので、ご様子も知りたく、御所の辺りへ参ってみたが、誰に尋ねる伝手もない。あちこち窺っていると、尼姿を見咎められてしまい、虚しく帰る。
　夢ならでいかでか知らんかくばかり　われのみ袖にかくる涙を
「ご案じ申し上げていると、せめて夢で良いから、お伝えできないものだろうか」

七月一日
良くない噂ばかり耳に入る。いたたまれないので、石清水八幡へ参る。二度とお目にかかれないのではと、不吉なことが頭を過《よ》ぎる。振り捨てるように、境内の武内《たけのうち》さまの御社へ、千度のお参りを試みる。武内宿禰《たけのうちのすくね》さまは、ご長寿の神でもあり、また都の貴族すべての祖でもあらせられると聞く。ただ祈る。

七月六日
先ほど見た日蝕の幻が、もし夢告《ゆめつげ》ならば……いやさようなことはない。断じて、あってはならぬ。あっては。
　されども。
どうすれば良いのか。

七月九日

西園寺殿を訪ねた。二度と頼るまいと思っていた人だが、こうなってはやむを得ない。御門で下僕に追い返されてしまったが、ひたすら頼み込んで文を置いてきた。あの方の手に確実に渡してくれれば良いのだが。

七月十四日
西園寺殿から返事がある。悪しき夢は現実のことであるらしい。どうか一目だけでもと頼み込む。明日密かに邸へ来るようにとの言伝《ことづて》が、つい先ほどもたらされた。
何もできない。

七月十五日
御簾越しに、お姿を拝する。ただただ、お寝《やす》みになっているようにしか見えなかった。すぐにでも御目を開いてくださりそうに見えたのに。西園寺殿は首を横に振るだけであった。
院さま。
もはや、二度と、お声も聞けぬのだろうか。

七月十六日

ご崩御。

院さま。

御棺でも良い、遠くからでも良い。いかにても、今一度。お目通りを。

七月十七日
いかにしても様子が知りたい。御門の辺りで覗いていると、尼姿を見咎められてしまったので、やむなく、女房装束を一枚人に借りて被《かぶ》り、御所の裏門へ回ってみた。人々が集まっているが、ご葬送にはまだ間があるらしい。お庭へそっと入り、物陰に隠れてずっと立っていると、真新しい棺が運び込まれてくるのが遠目に見えた。あのような箱の中へ院さまがお入りになるのかと思うといたたまれず、走り出ていって壊してしまいたいようであった。

夕刻になり、足が痛む。少し履き物を緩めていると、車の音がした。見れば、紛《まぎ》れもなくご葬送の列がお出ましになる。慌ててお車の後を追って走った。

陵《みささぎ》は深草だと聞いていたが、お通りを忌む御社の前などもあり、お車はあちらこちらと曲がっては進む。ただただ、見失わないように走ったが、少しずつお車との隔てが広がっていく。どうすることもできぬまま、それでも後を追った。

足が痛んだが、下は見ずに走る。指も踵《かかと》も、感覚もないほど擦り切っているようだ。血の流れるのを見てしまえば、気持ちが折れてしまう気がして、ただただ前だけを見る。いつの間にか、裸足《はだし》になっていたことには途中で気づいたが、どうあっても、こたびはどこまでもお見送りせねば、すべてが無になるように思われた。

前へ、一足でも前へ。お見送りさえ全うできれば、我が脚などどうなっても構わぬ。

夜更け、とうとうお車の影を見失った。それでも、深草まで行きさえすれば、ともかくも御跡を偲《しの》ぶことは叶うだろうと、どうにか方角の見当だけ付けて歩き、明け方近くなって辿り着いた。片付けを終えた下役人らしき者たちが、異様なものを見るように私を見ていたようだが、誰も何も言っては来ず、黙って去っていった。

儀式はすべて終わり、人々も皆お帰りになった後だった。私はそれでも良かった。

真新しい陵《みささぎ》。お姿を偲ぶものは何もない。

院さま。お声を。せめて、お声を。

何も聞けぬ。何も見えぬ。

額《ぬか》ずいたまま、日の出を迎えたようだった。

されど、もはやこれは、私の日輪ではない。

九月五日

御四十九日のご様子をそっと拝見する。

大勢集まった僧侶たちが、儀式を終えてそれぞれの寺へ戻ろうとするのを見ると、今日で時が区切られるようで、いたたまれない。

私の身に代えてもと祈ったものを。なぜ、今こうしてここにいるのだろう。

いず方《かた》の雲路ぞとだに尋ね行く　など幻士《まぼろし》のなき世なるらん

「御魂の行方を探したい。幻術を遣う方士など、やはりこの世にはいないのだろうか」

九月十日

夜になると、虫の音が私と共に泣いているように思われてならぬ。父が亡くなったのも秋であった。

折しも、今年は父の三十三回忌である。院さまの御跡を弔うと共に、父の供養もと思い立つが、長き遊行の末に、日々辛うじて僅かな糧《かて》を得るだけの有様に成り果てた私には、布施《ふせ》に差し出す物とて、もはや何もない。

考えあぐねたが、やはり今手許に残る最後の道具を金子《きんす》に換えよう。この二品は、決して人手に渡すまいと思ってきたが、産みし子さえ皆、人の手に委ねてきた私には、これらを誰かに伝えることなど許されまい。私の許にあるよりは、供養の助けとするのが仏の道にも叶うだろう。

化粧箱は母の形見。箱はもちろん、中の道具にもすべて、鴛鴦《おしどり》の蒔絵《まきえ》が施されている。

硯箱《すずりばこ》は父の形見で、梨地《なしじ》に久我《こが》家の紋、仙禽菱《せんきびし》の蒔絵。中の硯には金字で「嘉辰令月《かしんれいげつ》」の文字。父の手蹟《て》の浮き彫りである。

今宵は二品を枕上に置く。詫び言を言いつつ。

九月十四日
私の思いを御仏も哀れと思《おぼ》し召したか、二品にそれぞれ、求めたいという人が現れた。

初め私は、多少なりとも自分と所縁《ゆかり》のある者に求めてもらおうと考えたのだが、それではかえって恥を晒すようなものかもしれぬと考え直した。むしろ、より気に入ってくれた人の手に渡る方が良い。

母の化粧箱は、縁組みが調《ととの》い、鎌倉へ赴くことになったという娘の親が、婚礼の祝いとして買っていった。父の硯箱は、官位が上がり、太宰府へ赴くことになったという若者の親が、やはり昇進の祝いとして買っていった。

鴛鴦は西へ、鶴は東へ。

人の門出を祝う品となった形見は、きっと両親を浄土へ導いてくれよう。

九月十五日
本日より、東山双林寺《そうりんじ》に参籠。

読経、懺悔《さんげ》の後、写経。

三

露子は化粧箱を二つ持っている。

一つは、箱には盛りの藤が池のほとりの松にかかって咲き誇る姿を蒔絵で描き、中の道具には一つ一つすべてに黄金色の橘の実の文様《もんよう》がやはり蒔絵で入れられた豪奢《ごうしゃ》なものだ。藤原氏である西園寺の血筋を示す藤と、育ててくれた橘を併せてあしらったこの化粧箱は、実兼が露子の裳着にあたり特別に作らせ、祝いの品として贈ってくれたものであった。

もう一つは、もっと幼い頃、露子が養母にねだって我がものにしてしまった、古い品である。養母が使っていたその化粧箱は、箱に一枝の梅が描かれているだけで、他に装飾らしいものは何もない。

「露さまにはあまりに地味でしょう。それに、これは亡くなった私の母が使っていた、お古ですよ。こんなのでなく、新しくて、もっとお可愛らしいのを、求めて差し上げますよ」

養母が繰り返しそう言うのに、露子はどうしてもこれが欲しいのだと言って、無理矢理に取ってしまった。養母の母の物だったと聞いて、露子は尚更それが欲しかった。

「養母さまが、養父さまに新しいのを作っていただいたら良いでしょう。これは露のに」

今、露子が主に使うのは、養母から強引にもらい受けた、この古い方である。実兼にももらった方も、時折手にとっては見るが、使うというよりは部屋の飾りのようになっている。

もらった時は心から嬉しく、一つ一つの道具の橘の実を、手で撫でては眺めていたのに、いざ使おうとすると躊躇われて、つい使い慣れた古い方に手が伸びた。養母はその様子を見て、「遠慮無くこちらの麗しい方をお使いになれば」と幾度も促したが、結局そのままになっている。

——母の形見。父の形見。

手放した思いは、いかばかりだったろう。露子には、量り知れぬ遠い途に、二条が踏み出したように感じられた。

自分の居室を、改めて見渡してみる。

几帳《きちょう》、屛風、文机《ふづくえ》、硯箱、化粧箱……。

いずれの品一つとっても、これは養父がいつどのように、あれは養母がいつ、それは実父が……と思い浮かぶ。

されど、生みの母の名だけは、そこにはない。持たせてくれていたという天児《あまがつ》のことを、幾度か養母に尋ねてみようかと思ったが、やはりそれはできなかった。

——母さまと私を繫ぐのは、この草子だけ。

嘉元三年、文字通り身一つになった母は、熊野へ詣でて、那智の滝へ入り、身を打たれる行《ぎょう》まで修めていた。

身一つの、その身まで痛めつけるほどの行に、祈る思いで一丁一丁を繰る。

滝行の後に、母が見たという夢の記事を読んで、露子は、母が欲して止まない人との繫がりを感じた。

四

九月二十七日

「お出ましであるぞ」

いずこからか、父の声。顔を上げれば、院さまが在りし日のお姿のままに、すぐ目の前に。何も仰せにはならないが、御口許には笑みが浮かび、ご機嫌は麗しい。

傍らには、いつお出ましになったのか、遊義門院さまが御手に白き衣を二枚携え、私をお呼びになって手招きをなさる。

「そなたの志、哀れじゃ。これを持て」

頂いた衣を手に、院さまの前に跪《ひざまず》くと、華奢な御手が私の手に触れ、ご神木の梛木《なぎ》の枝を持たせてくださる。

夢か。御手の滑らかさも、御目のお優しさも、梛木の葉の感触も、かくまで鮮やかに。
——勤行の鐘の音。

それでも、やはり夢か。

額ずいていた辺りを見渡す。暗闇に、ほんの掌ほどの薄明かりが浮く。

見れば、いずこよりもたらされたのか、真新しい白の檜扇《ひおうぎ》。

夢の通い路を抜けてきたのか。思わず取り上げ、頭上に捧げて拝し、懐へ納めた。

人が聞けば嗤《わら》うかもしれぬが。

九月二十八日

こたびの写経の布施には、御形見の肌小袖を差し出す。もはや、お許しくださるだろう。

昨夜の夢をお導きと思い、白扇だけを手に、御山を下りよう。

嘉元《かげん》四年丙午《ひのえうま》

正月十日

無為に過ごす月日は早い。今年の七月には院さまの三回忌である。写し始めた五部の大《だい》乗経《じょうきょう》のうち、法華《ほっけ》、華厳《けごん》、般若《はんにゃ》、大集《だいしゅう》の四部までは供養が叶ったが、まだ涅槃《ねはん》が残っている。父母の形見、院さまの小袖まで残らず手放してしまった今となっては、辛うじて写すことは写しても、供養が叶うかどうかは分からぬが。それでも筆を止めずにいよう。
昨年の秋には亀山院さまもお亡くなりになった。
どの方もどの家も、縁《よすが》と偲ぶ面影は、あるいは絶え、あるいは代を替えて、遊行のこの身にはすべてが遠いものになっている。辿りし途もすべて、夢のように思われる。

三月六日
毎年年頭には石清水八幡へ参詣する習わしであったのに、昨冬よりあまり体調も優れず、氏神への礼を失してしまった。遅ればせではあるが、参る。

三月八日
境内へ着くと、尊き方の為の御殿が開けられていた。遥か昔、院さまにここで巡り会った日のことが思い出される。どなたのお出ましだろうかと伺うと、遊義門院さまと聞く。なんという巡り合わせであろう。立ち去りがたくて、物陰からご様子を拝見する。
先頭に立って御幣《ごへい》を捧げ、威儀を正して歩みをお進めになるのは、西園寺殿の末の若君らしい。お若い頃のあの方によく似ておいでになるとお見受けしつつ、誰かに涙を見咎められぬよう、慌てて拭う。

とうとう遊義門院さまのご参拝である。熊野の夢の面影を胸に抱きつつ、お姿を拝見する。拝殿からお戻りの際、お心安く、辺りの者にお声をおかけになるご様子も慕わしい。

「そなたはいずこから参ったか」

「はい、奈良の方より」

「さようか。大層遊行を重ねた尼と見ゆる。身体を労《いたわ》ってお過ごしなされ」

涙ぐむ卑しい尼姿の私を見咎めもせず、お優しい言葉をかけてくださって、それから庭へ下りようとなさる。と、階《きざはし》の段が高過ぎて、脚を踏み出しかねておいでのご様子であった。私は思わず身を階へ寄せ、跪いた。

「私の肩をお踏みくださいませ」

今思うと、よくあのように大胆なことができたと我ながら思う。遊義門院さまは少し躊躇った後、小さな足を私の肩に乗せて、庭へお下りになった。御身の軽く華奢なご様子に、やはり亡き院さまが思い起こされる。

「そなた、ただの尼ではあるまい。構わぬ、申してみよ」

つくづくと私の顔をご覧になる。覚えておいでにならぬのは無理からぬこと、むしろ私には幸いと思う。

「畏れながら、申し上げげます。その昔、まだ女院さまがご幼少の頃、亡き後深草院さまの許にお仕えしておりました。女院さまのお側《そば》へも、幾度も参上したことがございます」

「父院に。召し名は何と」

「それは、ご容赦くださいませ。もはや捨て果てた名でございます」

「さようか」

遊義門院さまは再び私の顔を凝《じっ》とご覧になってから、ゆっくりとお尋ねになった。

「そなた、都に戻ることもあるか」

「はい。時には」

「ならば、いつでも訪ねて参れ。石清水の尼と名乗れば、必ず取り次ぐよう、皆に申しつけておく」

過分のお言葉にお返事もできないでいると、女院さまは更にもう一言添えてくださった。

「七月、父院の三回忌には、必ず参れ。遠慮は無用じゃ。良いな」

七月十日
あれから、遊義門院さまに時折お文を差し上げる。お返事を必ずくださるので、あまりこちらから繁くお便りしてうるさがられないよう、自戒する。「訪ねて参れ」との有り難い仰せもあるが、それはやはりご遠慮申し上げた。
それでもこの十五日の三回忌だけは、お言葉に甘えることにしよう。

七月十五日

女院さまの方よりお文を頂く。御仏事のため、亡き院さまの御影《みえい》を新たにお作りしたとのこと。御像をご安置申し上げるのは今日ということで、「ぜひ今宵参れ」と仰せくださる。

伏見の御所では人々が既に行列をなして御像をお迎えするところである。どうにか列の端に着き、時折爪先立ちながら、ご様子を窺う。

警護の武士に先導されて、仏師らしい者が二人、しずしずと歩む。役人が四人、小さな輿《こし》を担ぐようにして進んできた。

輿に載せられた台の上、御影は遠く、白き紙に包まれている。拝することはならぬまま、前を通り過ぎていった。

御魂は、彼岸でいかにおいでだろうか。

「石清水の尼さまですね。どうぞこちらへ」

小さな声が聞こえて、振り返れば、女院さまに仕える女童《めのわらわ》が私の袖を引いていた。

「お近くで御影を拝するようにと、仰せでございます。さ、今のうちに」

導かれるまま、御堂へ入る。不審そうな顔をした僧侶もあったが、先に立っている女童を見ると、皆黙って座を譲ってくれた。

月明かり。御灯明《みあかし》。

照らされる面影は、熊野の夢のまま。半眼の眼差しが、柔らかい光となって私を包むように思われた。

「我子《あこ》」

紛れもなきお声。私は聞いたのだ、誰が何と言おうとも。

院さま。生まれ変わっても、我子《あこ》は院さまのお側に。

七月十六日
昨夜はどうやって戻ってきたものやら、覚えていない。女童に、「良かった、そのまま息絶えてしまわれたかと、慌ててしまいました」と声を掛けられたことだけ、覚えている。熊野の夢で得た白扇を、女童に頼んで女院さまにお預けしてきた。ご供養の品にお加えくださるだろう。

ここまで書き来たれば、西行を真似ぼうと言いながら、問われもせぬ身の上、繰り言を語り並べただけの儚《はかな》い記である。誰に書き残そうと言うのではないが、迷い多き女が一人、この世に歩き暮らしていたことを、哀れと思う人があれば幸い。などと思うのも、これもまた修行の足りぬ身の執着であろうか。

未だ届かぬ供養もあり、思い残すことがないと言えば嘘になる。

されど、もはやこの後は。

雲と水とに任するごとく

五

「雲と水とに任するごとく……」

丁を改めて、最後一行だけ書かれた言葉を、声に出して言ってみて、露子はすぐに思い至った。

これは、あの下の句だ。四冊目の表紙に書かれていた、西行の本歌取《ほんかど》り。

四冊目を取り出し、並べてみる。

願わくは花の下にて~~春死なん　その二月の望月の頃~~
いつ
雲と水とに任するごとく

この先の命は、時の流れ、自然の流れに従って。尽きる折、もし花があってくれれば、幸い。

下の句の前に書かれた、言い差して止めたような、「もはやこの後は」。書き残すことさえ、もはやなくなったと、母は筆を置いたのだろうか。

――人を恨み羨《うらや》み、己を責め苛《さいな》んで生きるのは、虚しきこと。

生前の後深草院に、母が言った言葉である。それを読んだ時、露子は母の振る舞いがあまりに潔《いさぎよ》すぎて、無理があるように感じた。されど、五冊目まで読み終わってみれば、その母の言は、次々と手放した形見の品々と引き替えに、あるいは遊行する日々と引き替えに、次第に母の身の内に備わりつつあるような気がする。

それは、悟りを得るというのとは少し違う。そうではなく、母はこれでようやく、「上皇の寵姫《ちょうき》だった女」から、「ただの名も無き尼」になり得たのだ。出家者として、ようやく基点に立ち得たのだ。

出家、得度《とくど》と一言で言いもし、髪を切り墨染《すみぞめ》を着れば、姿だけはすぐにも変わる。されど、人の重ねてきた年月は、決して容易《たやす》く切り離したり、忘れ去ったりできるものではない。

長い長い時を経て、ようやく付けられた下の句。母は、長い長い時をかけて、来し方の恨み羨み、悔い惑いを、己の心に受け入れ、浄化させてきた。

そう思い至ると、五冊の草子を前に、露子の胸には、思わず居住まいを正したくなるような、静かにじわりと染みるような思いが生じたが、同時に、新たな迷いも湧き上がってきた。

五冊の長きに亘り、露子は母と付き合ってきた。時には恨みたいこともあり、かような歌などどうなろうと知るものかと思ったことさえある。

今でも、母の生き方すべてを、受け入れられるというのではない。ただ、こうでしかあり得なかったのかもしれぬと思うばかりである。今いずこにいるか、生死さえも定かではない尼に、少なくとも思いを馳せ、祈る娘が一人あるというばかりである。

――誰に書き残そうと言うのではないが、迷い多き女が一人、この世に歩き暮らしていたことを、哀れと思う人があれば幸い。

本人に伝える術はなくとも、ここに一人、残されたこの言葉に応える者がある。

切実にそう思う露子の手許には、母の歌を書き抜いた紙が積まれている。その都度、歌が作られた状況を「後深草院の女楽の折、琵琶をご遠慮申し上げるとて」などと簡単で差し障りのない形に書き換えて、露子が添え書きをしておいた。

実兼に言われるまま、勅撰集の資料として、これを差し出して良いものだろうか。

内容が他見を憚るからではない。その点は、配慮して露子が書き換えてきた。

むしろ、その「書き換えて」しまったことに、露子は今になって居心地の悪さを感じ始めていた。

抜き書きを改めて読み返してみる。

確かに、母の書いた物をそのまま差し出すわけにはいくまい。されど、以前、実兼の問いに図らずも露子が答えたとおり、母の歌の面白さは、やはりその場にあってこそ、人々の絡み合った感情の糸に繋がれてこそのものである。当たり障りなく書き換えた露子の抜き書きでは、どうしようもなく手からこぼれる砂のように、歌に込められていたはずの思いの深さ、複雑さが、落ちていってしまっているとしか思えない。

勅撰歌人の名誉がどれほどのものか、露子にはよく分かる。母をその一人にしてやりたいという気持ちは、露子にももちろんある。また、男として二条を支えきれなかった実兼の、最後の思い遣りであろう事も、理解できる。

それでも、露子は迷っていた。どう言い表して良いか分からぬ迷いだった。

「お方さま。失礼いたします」

常と変わらぬ音羽の顔が、こちらを遠慮がちに覗いた。

「よろしうございますか。実は」

言いにくそうにするその手には、文《ふみ》らしき物が握られていた。

「いずこからの文か」

問いながら、露子はおおよそ察しが付いていた。

「はい。五条の……」

やはりと思いながら受け取る。老尼の来訪から、そろそろ半月ほど経とうとしていた。

見たくないと思いつつも、返事をせぬわけにも参らぬと、露子は文を受け取った。音羽は何も言わず、黙って下がっていった。

あまり質の良くない紙に、薄墨で書かれた尼の文の内容は、先日の訪問の折に繰り返していたことと、何ら変わるところはなかった。くどくどと謙《へりくだ》り、こちらの情けに縋《すが》る文面に、床にこすりつけられた尼の頭が蘇る。露子は断りの文案を思い浮かべながら、つらつらと読み進めていった。眉間に皺が寄るのが自分でも分かるようだった。

「……思うようにならぬ老尼の養育ゆえ、はかばかしうは参りませぬが、それでも手習いを始めさせております。恥ずかしながら、以後お導きいただけることを切に祈り、お方さまにお目に掛けたいと存じます」

別の紙に、子供の手蹟と思しき幼い文字が躍っていた。

なにわづに　さくやこのはな　ふゆごもり　いまははるべと　さくやこのはな
あさかやま　かげさえみゆる　やまのいの　あさくはひとを　おもうものかは

「難波津……」
難波津に咲くやこの花冬ごもり　今は春べと咲くやこの花
安積山影さえ見ゆる山の井の　浅くは人を思うものかは
文字の習い初めに用いられる、二首の歌である。露子も、幼い時、まず養母が手を取って教えてくれた。それから墨と筆に慣れてくると、養父が「これをお手本に」と言って、幾つかの書を持ってきた。後で聞いたところでは、それはすべて実兼が用意したものであったらしい。

——露さま、「こ」は横に、二つ文字。「ひ」は牛の角文字。

左右に角、牛の顔でございます。

そうそう、それでよろしうございます、お上手なこと……。

養母の優しい声が蘇る。

まだ辿々《たどたど》しい幼い字を前に、露子の頬には不覚にも涙がこぼれていた。

老尼の策略に嵌《は》められたのかもしれぬと思ったが、それでも良いという気がしていた。

六

実兼が久方ぶりに露子の許を訪れたのは、夏の終わりの頃であった。事前に「そろそろどうか」と伝えられていたので、露子には覚悟ができていた。

次の勅撰は、撰者《せんじゃ》をどなたが務めるかで、穏やかでない揉め事が起きていると言う。およそ百年前に、俊成卿、定家卿の親子が不動のものとした歌道の家である御子左家《みこひだり》も、代が改まるにつれて分家が生じ、一族内で争うようになっている。現在では為兼卿《ためかね》と、従兄にあたる為世卿《ためよ》とが、勅撰の正当な撰者は自分であると互いに主張して譲らないらしい。

「撰者争いもどうやら決着が付きそうであるからな。まあこたびは為兼に分《ぶ》があろう。とにかく、今を逃すと、この撰には間に合わぬ。為兼も、後深草院さまのお側にいた方の歌ならさぞと、なかなか興味を持ってくれているからの」

実兼は面白がっているのか、面倒臭がっているのか、判然とせぬ淡々とした口調で、勅撰の儀をめぐる争いのことを様々に露子に話した後、ようやく本題に入ってきた。

相変わらず忙しそうにしながら、やはり露子や側仕えたちが首を傾げてしまう振る舞いも見せる。こたびはもう音羽も他の者も心得たようで、いちいち訂正もせず、ただはいはいと頷いて、実兼を奥へご案内してきた。「大殿さまは、殿方たちそれぞれの言い分をお心に納めるのがお忙しくて、女たちの顔や名は、覚えているお暇がなくなってしまわれたのでしょうね」といつぞや音羽が言っていたのを露子は思い出して、つい含み笑いをしてしまった。

「で、いかがじゃ、そなたの母の歌は」

露子は顔から笑みを消した。居住まいを正し、心中で呟く。

——母さま。どうぞ、お許しくださいませ。

「はい……残念ながら、母さまの御歌は、晴れの場のものは、私が言うのも僭越《せんえつ》ではございますが、言葉などに新しみがなく、為兼さまのお眼鏡には叶わぬかと存じます」

こたびの撰者である為兼は、斬新な歌風を好むとは、先ほど実兼に聞かされたばかりである。

「一方、日常、人々とお交わしになった歌には、面白いものが見受けられますが」

そう言って、露子は実兼の顔を凝《じっ》と見た。

「それらは、あまり広く他人にお見せしない方が良いものばかりかと。様々に、差し障りがあるかと、ご案じ申し上げます」

実兼は目を閉じてしまった。その心中は、露子には分からない。

「私も、娘として、大変、残念には存じますが。作歌事情をいかに書き換えてみても、なかなか私如きの筆では難しうございまして……」

「うむ、分かった。やむを得ぬ」

しばらく考え込んでいた実兼だったが、やがて穏やかにそう言った。

「申し訳ございませぬ。この草子はお返しいたします。また、これまでお借りしたままになっていた書籍の類も、あわせてまとめてございます」

「うむ」

実兼が草子に手を触れないうちにと、露子は急いで別の話を切り出した。

「大殿さま。実は、ご報告申し上げねばならぬことがございます。決して、悪い話ではございません」

「ほう、何かの、改まって」

　実兼は興味を持ったようだ。

「はい。私、養女を迎えることにいたしました。つきましては、大殿さまにも、いずれはお目に掛けまして、改めてご挨拶申し上げとう存じます」

「何、養女とな。それはまた。いずこの娘じゃ」

「はい。亡き夫の縁に連なる娘でございます。あまり詳しくは申し上げられませぬが、決して素性卑しき者ではございませぬ」

「ほう」

　困ったような、納得したような、曖昧な笑みが実兼の口許に浮かんだ。

「さようか。では、儂《わし》も楽しみにしていよう」

「可愛がってくださいますか」

「うむ。入り用のものがあれば、何なりと申せ」

「はい。よろしう、お願いいたします」

　廊下で従者の咳払いがする。

「すまぬな。人の訪ねてくる約束があってな」

　お忙しいこと、たまにはゆるりとなさいませと見送りつつ、露子は草子の包みを従者に手渡した。

「このまま、書庫へお納めくださいませ。包みの布など、お返しくださらなくてもよろしうございますから」

車寄せが既に調えられていた。父の姿が車中に消えた。露子はお身体をお労《ねぎら》いくださいと言いながら、見送った。


草子を返して、一箇月《ひとつき》が経った。実兼は養女のことを気遣う文は寄越したが、母の歌についてはもう何も言ってこなかった。露子は拍子抜けしつつも、やはりほっとしていた。幾ら細かいことに気づきにくくなっているとは言っても、まだまだ政《まつりごと》の要《かなめ》で存在感を示し、重きを為し続けている人である。欺いているというのではないが、自分のしたことを思えば、気の咎めぬことではなかった。

母が勅撰の作者となる機会を、自分は敢えて逃した。おそらくもう二度と無いであろう。胸が痛まなかったと言えば嘘になる。それでも、きっと、これが母の為と、露子は遥か将来《さき》の世に、漠然とした祈りと望みをかけることにした。

五冊に亘った母の記録。今の世では、他見を憚る、あまりにも秘すべきことの多過ぎる、女の告白の書でしかない。他へ漏れれば、帝の御位にあった御方々をも恐れぬ、不埒《ふらち》なものとして抹殺されるか、あるいは逆に全く荒唐無稽な架空事《そらごと》の書として無視されるかであろう。

それでも、いつの世か、いかなる世か、母の歌が、母の書き残したすべての記述と共に、人々の心に届く日が来るかもしれないと、露子は思った。それが、いったいいつのことなのかは全く見当も付かなかったが。

今では、歌詠みなら誰でもが必須の教養として読む源氏の物語でさえも、書かれた当初は「女子供の弄《もてあそ》ぶ架空事《そらごと》」と言われていたのだ。時が経てば何が変わるか分からぬ。儚い現在《いま》のみを生きるに過ぎぬ人の身には、量り知ることなど思いもよらぬ。

母の草子を返すにあたり、露子は自分の手ですべての写しを作った。夜を日に継ぐようにして熱中したので、音羽が側ではらはらしているようだったが、露子にとってはそれが母に尽くせるただ一つの孝養と思われた。

この後、母の草子を実兼がどうするかは分からない。膨大な書籍を収める西園寺家の書庫の片隅で、草子は眠り続けることになるのか、あるいは、何かの折に処分されてしまうのか。実兼が草子の内容をどう考えているのかは、露子には相変わらず分からぬままだったから、その行方についても、思い量ることは難しかった。

当分、誰の目にも触れることなく、誰の関心を惹くこともなく、眠り続けてくれれば良い。露子はそう思った。母の記が長い眠りに就いている間に、世が変わってくれるかもしれぬ。

自分の手許に写しを作って置いておくことを思いつくと、なぜもっと早くそれに思い至らなかったかと後悔した。それでも、書写をしつつ再び読み返したことで、この書をこのままの形で後世に伝えたいという思いは、より強くなった。

写し終わった時、少しだけ、露子は元の草子に細工をした。四冊目の最初の一枚と、五冊目の最後の一枚を剥《は》がし、自分の写した方に合わせて綴じた。申し訳ないとも思ったが、どうしても、この部分だけは母の自筆の手蹟《て》が欲しいと思う気持ちは抑えきれなかった。

願わくは花の下にて~~春~~《いつ》死なん　~~その二月の望月の頃~~

雲と水とに任するごとく

剥がしてしまった母の手蹟に代えて、四冊目の表紙には「尼の旅の日記」とだけ書いた紙を付けた。更に、四冊目を第一冊であるかのように順序を入れ替えて、箱に入れ、元のように包んだ。浅知恵だとは思った。されど、一見だけなら、単なる紀行の記と見過ごされ、捨て置かれ続けて時を経る、手助けになるかもしれぬ。

おそらく、今頃は西園寺家の書庫に眠るであろう五冊に、露子は思いを馳せつつ、手許を見る。こちらには、露子が写した五冊があった。

「お方さま。先ほど、届けられました」

音羽が真新しい文箱を抱えてきた。

「ああ、丁度良いところへ。ここへ置いておくれ」

こちらは、露子の写しを入れておくために、作らせたものである。簡素で何の飾りもないが、その方が相応しい気がした。

「音羽、明日の支度は調うておるか」

「はい。姫さまの装束も、仰せのとおりに先方へ遣わしてございます。車のお手配もしてあると、若殿さまよりさきほどお言伝がございました」

「さようか。幼い者が、周りがあまり急に変わっては辛かろう。静かに迎えてやるよう、皆に伝えておいておくれ」

「かしこまりました」

明日には、五条から娘が来る。静かに、とは言うものの、部屋の室礼《しつらい》を幾らか明るい色に替えたり、幼な子の遊ぶ玩具なども調えたりして、邸内は息子の婚礼以来、久方ぶりの華やいだ空気に包まれている。

子の素性を詳しく知るのは、露子と養母、音羽。例の老僕には、決して他言せぬよう、相応に遇して言い聞かせてある。

生さぬ仲の子、それも夫が愛人との間に遺した子。

子に罪はないなどと、綺麗事だけで自分の気持ちが片付けられるとは到底思ってはいないが、母二条が辿った旅を思えば、家の女である自分には、人を許すための「心の旅」とでも言うべきものがあり得るかもしれぬと思えた。

「露さま。お邪魔いたしますよ」

入ってきた養母は、何やら大事そうに布の包みを抱えていた。

養女を迎えたいと相談し、その素性について露子が打ち明けた時、養母はしばらく黙っていたが、やがて微笑んで言った。

「嬉しいこと。私も、長生きをせねばなりませんね」

目尻にうっすらと涙を浮かべた養母は、されば物詣では少し日延べして、その子が邸へ来てから、一緒に参りましょう、とも言ってくれた。

「露さま。これを覚えておいでになりますか。今度、物詣での際には、こちらもご供養して差し上げようと思いまして」

「まあ、これは」

布包みを開いて養母が取り出したのは、二体の天児《あまがつ》人形であった。

「こちらはね、露さまをこの邸へお迎えした時に、私がお作りしたもの。こちらは、露さまが持っておいでになったもの。どなたがお作りになったのでしょうね」

そう言うと、養母は人形の頭をそっと撫でた。

「こたびの姫も、きっと持っておいでになるでしょうけれど、こちらでも作って差し上げましょうね。二体でお見守りすれば、健やかにお育ちになるでしょう」

「ええ養母さま。また教えてくださいませ」

養母は、しばらくぶりに露子の部屋でゆっくりと語らってから戻っていった。幼い者を迎えると決めたことが、養母にも何かしら心の張りを与えたようで、露子は決して後悔はすまいと改めて心に誓った。

己の手で写し取った母の記を、箱に入れる。蓋をする。

次にこの蓋が開けられるのは、いつだろう。

箱に紐を掛けようとして、露子はふと考え込んだ。

何か、名を。

母が西行の歌を本歌取りしたのは、その気持ちはよく分かり、また麗しいとも思うけれど、母の独自の言葉でなく、また日記の名とも言い難いのが、露子には物足りない気もした。

誰に聞かれるともなく、誰かに言うともなく。それでもすべてを語ろうとする、母の記。しばらく考えてから、露子は筆を執った。白い箱に、墨が伸びていく。

〝とはずがたり〟

母は、許してくれるだろうか。

（了）

＊作者記／「とはずがたり」は、昭和十三年に宮内省図書寮の「地理の部」から発見された。全文が広く読まれるようになったのは、昭和二十五年、桂宮本叢書の一冊として刊行されて以降である。

参考文献

『とはずがたり　一〜五』（笠間書院　笠間影印叢刊）
『とはずがたり』福田秀一校注（新潮日本古典集成　新潮社）
『とはずがたり／たまきはる』三角洋一校注（新日本古典文学大系　岩波書店）
『とはずがたり　一・二』久保田淳校注（完訳日本の古典　小学館）
『とはずがたり』井上宗雄・和田英道訳注（創英社）
『とはずがたり　上・下』次田香澄訳注（講談社学術文庫）
『とはずがたり』富倉徳次郎訳（筑摩叢書）
『和漢朗詠集』川口久雄全訳注（講談社学術文庫）
『古今和歌集』片桐洋一訳注（創英社）
『竹取物語・伊勢物語・大和物語・平中物語』片桐洋一・福井貞助・高橋正治・清水好子校注（日本古典文学全集　小学館）
『蜻蛉日記　Ⅰ・Ⅱ』川村裕子訳注（角川ソフィア文庫）
『枕草子　上・下』石田穣二訳注（角川ソフィア文庫）
『源氏物語　一〜十』阿部秋生・今井源衛・秋山虔・鈴木日出男校注（完訳日本の古典　小学館）
『更級日記』原岡文子訳注（角川ソフィア文庫）

『今昔物語集　一〜五』今野達・池上洵一・小峯和明・森正人校注（新日本古典文学大系　岩波書店）
『増鏡　上・中・下』井上宗雄訳注（講談社学術文庫）
『今様のこころとことば』馬場光子（三弥井書店）
『京極為兼』井上宗雄（吉川弘文館）
『新編国歌大観　CD-ROM版　Ver.2』（角川書店）

解説――娘と母の物語として

田中貴子

ほとんどの人は中高生時代の国語教科書で古典文学に出会うものだが、その教科書には絶対載らない作品が『とはずがたり』である。十四世紀初めに生まれたものの、昭和十三年まで宮内省図書寮（現在の宮内庁書陵部）という皇室の書庫の奥深くで眠り続けていた、というのがその理由ではない。『とはずがたり』には鎌倉後期の上皇の「愛人」による、きわめてプライベートな描写が含まれているからである。後深草院と女房の「二条」の間に繰り広げられる愛と性の物語は、『源氏物語』や『枕草子』といった著名な古典に慣れきった人々にとって刺激的すぎたのだ。それはしばしば、「赤裸々な性の告白」とか「愛欲の遍歴」といったレッテルを貼られて語られた。だから、天皇と性について慎重に排除する教科書の題材に選ばれるわけはないのである。

このように一般的に知られているわけではない作品なので、『恋衣　とはずがたり』の内容に入る前に、その前提となる『とはずがたり』そのものについて少し解説しておきたい。『とはずがたり』は、第二次世界大戦中の昭和十三年、国文学者の山岸徳平によって見いだされたが、戦時下という事情があって二年後にようやくその存在が公表された。全五冊の冊子本で、元禄時代に筆写されたものである。巻一から巻三までは後深草院と二条、彼女の恋人である「雪の曙」（実名は西園寺実兼）の関係を中心に、「有明の月」と呼ばれる仁和寺の法親王（皇室出身の高僧）や後深草院の弟・亀山上皇などの男性と二条の関わりが描かれ、後半の巻四と五では出家した二条の諸国行脚が語られる。

文学史の教科書などでは「中世の女性日記」（かつては「女流日記」と呼ばれた）に分類されるが、「日記」という枠には当てはまらない。内容は物語に近く、実際に平安から中世の物語を摂取して書かれたことが指摘されている（辻本裕成「同時代文学の中の「とはずがたり」」）。また、「二条」という女房の存在が『とはずがたり』以外の資料から確認できないこと、史実とフィクションをたくみに組み合わせていることなどから、語り手の「二条」を作者と同一視することへの疑問も出されている（松村雄二『『とはずがたり』のなかの中世』）。

中世の女性が自らの性愛をあからさまに描く、という部分が近代的自我による告白の文学として評価されたせいか、『とはずがたり』は女性作家の心をとらえたようである。本作品を世に広めた最大の「功労者」は瀬戸内寂聴で、これを題材とした小説（『中世炎上』）のほか、現代語訳も複数ある。また、半自伝的小説である『比叡』にも『とはずがたり』の要素を取り入れており、二条の人生への共感が感じられる。

それに対して、歴史小説家の杉本苑子の『新とはずがたり』は、政治家として有能だった西園寺実兼を語り手に設定することで、男女の仲だけではない鎌倉後期の歴史的背景も描こうと試みている。『とはずがたり』に描かれなかった蒙古襲来や鎌倉幕府との関係、そして踊り念仏の一遍上人などを登場させたのはそのためだろう。

いま、『とはずがたり』の現代における受容として主な例を挙げたが、古典文学に向き合うとき、どんな人でも自分のバックグラウンドを捨象することは出来ないということがよくわかる。もちろんそれがその人の「読み」でもあり、魅力でもあるのだ（余談ながら、男性作家が『とはずがたり』の小説化に積極的でないのは、プライドが高く嫌なものを嫌と言う二条の「かわいげのなさ」に辟易するからだと私は思っている。後深草院の「男視点」で書いてみてもいいはずだが、下手な人がやると単純なエロに堕するかもしれない）。

さて、瀬戸内でも杉本でもないまったく新しい方法によって『とはずがたり』をよみがえらせたのが、奥山景布子の『恋衣　とはずがたり』なのである。ここでは、語り手を生まれてすぐに別れた二条の娘に定め、娘の視点を挟みこむことにより『とはずがたり』にほどよい距離をとりえている。血のつながった母、しかしその実像は残された草子からしかうかがえない。山口瞳の『血族』が好例だが、「母の謎」というテーマは時代を超えた普遍性を持っている。語り手である露子（この名前は作者の創作）が抱く母への懐かしさと嫌悪や懐疑といった葛藤とともに、読者は「娘による母さがし」の旅をたどることになるのである。

露子は、『とはずがたり』で「雪の曙」と呼ばれる西園寺実兼と二条の間に生まれた娘をモデルとしている。後深草院の寵愛を受ける二条にとって、秘密にしておかねばならぬ子どもだった。『とはずがたり』では語られない娘のその後の姿を描くに当たり、奥山氏はもう一つの古典文学をたくみに利用している。道綱母として知られる女性の手になる『蜻蛉日記』がそれだ。奥山氏は平安文学の研究者でもあり、研究成果と作家活動の見事なマリアージュだといえよう。

露子は女房つとめをしたことのない女で、家庭の中から外の世界を見るという立場に置かれている点で道綱母とよく似ている。実際に、『蜻蛉日記』のエピソードが作中に用いられ、露子の心情の変化を効果的に印象づける。たとえば夫の密かな愛人である「五条辺りの小路の女」とその出産、夫の死後養女に迎えるところなどである。「家にいる女」の疎外感や焦燥感、そしてそれらの感情を昇華して行く過程などを、『蜻蛉日記』を根底に置くことでリアルに炙り出す手腕は見事である。

十四歳で後深草院を翻弄する言動を見せた二条に対し、露子は違和感を抱かずにはいられない。「宮仕えをしたことのない露子には別世界の人の感覚と思われた。」（44ページ）そして、美貌と才気に恵まれ宮廷で複数の男性との駆け引きをする母に、「――女同士で語らうには、少し、嫌な方かもしれない」（63ページ）と感じてしまうのだ。

しかし露子は母の残した草子を読むことで、自分の境遇とは異なるはずの二条と相似形をなす自分を発見して行くことになる。夫の裏切りを知った八年ほど前、実父と正妻との間の娘の一人が、二条とも関係があった亀山院の后となり、時をおかずして「昭訓門院」という女院号を受けたことがあった。露子は思う。自分と一歳しか違わない異母姉妹である。もし亀山院の御所に上がったのが自分だったら、と。結婚して十数年、息子の元服を控える平穏な生活ながら、もう女としての栄誉など望むべくもない。信じていた夫は別の女を作り、もう自分は「女」として見られていないかもしれぬという不安も兆す。露子が自分の中にある妬心を意識したのは、母の草子に触発されたためなのだ。露子は母の人生をたどることで、「考える女」として次第に成長し変化して行くのである。

いくら寵愛されてはいても、二条は正式に後深草院の后となったわけではなく、一女房にすぎない身分である。加えて、経済的にも社会的にも後ろ盾となる父親は、院の子どもを身ごもっているときに死んでしまう。窮地を救ってくれる実兼には正妻がおり、頼れるのは不安定な院の愛だけだ。二条は院の寵愛ぶりを自慢げに語りはするが、それは、本来なら大納言家の娘として院の后となる道があったにも関わらず、それが果たせなかった悔しさの裏返しでもあった。露子が昭訓門院への妬心を抱いたのは、母の無念を追体験することでもあるのだ。露子は自分の中に流れる母の血を意識しつつも、二条を一人の人間として肯定するにいたるのである。現代の読者にとってもっとも読み応えを感じられるのは、このくだりではなかろうか。

最後に、奥山氏の心憎いしかけについて言及しておこう。露子は母の草子を実兼に返す際、四冊目の表紙を剝いで「尼の旅の日記」とだけ記した紙に付け替え、四冊目と一冊目を入れ替えて渡したのである。『とはずがたり』が長らくその存在を知られなかったのは、図書寮で「地理」という分類の棚に納められていたためだ。内容にそぐわない分類がなされたのは、出家後の廻国修行の巻が冒頭に置かれていた可能性が考えられるが、それをしたのが他ならぬ二条の娘だったというのは魅力的な想像である。母の一生を自分一人の内に秘めたいという気持ちとともに、いつか見いだされる時を願うという正反対の思いは、この作品の根幹を如実に物語っている。

露子が二条の和歌を勅撰集に推薦しなかったというくだりも、実際に二条の詠歌と確定出来る和歌がどこにも残っていないという現実と呼応している。奥山氏の深い古典理解と知識に作家としての筆力が加わった本作品は、作家による古典文学の現代語訳や小説化が再び盛んな今にあって、一頭地を抜くといっても過言ではなかろう。

（たなか　たかこ／甲南大学教授・中世文学）

『恋衣　とはずがたり』二〇〇九年三月　中央公論新社刊

中公文庫

恋衣《こいごろも》 とはずがたり

2017年3月25日　初版発行

著　者　奥山景布子《おくやまきょうこ》

発行者　大橋 善光

発行所　中央公論新社
〒100-8152　東京都千代田区大手町1-7-1
電話　販売 03-5299-1730　編集 03-5299-1890
URL http://www.chuko.co.jp/

DTP　柳田麻里
印　刷　三晃印刷
製　本　小泉製本

Published by CHUOKORON-SHINSHA, INC.
Printed in Japan　ISBN978-4-12-206381-5 C1193

各書目の下段の数字はISBNコードです。978－4－12が省略してあります。

中公文庫既刊より

お-82-1
時平《しへい》の桜、菅公の梅
奥山景布子《きょうこ》
孤高の俊才・菅原道真と若き貴公子・藤原時平。身分も年齢も違う二人は互いに魅かれ合うも、残酷な因縁に辿り着く――国の頂を目指した男たちの熱き闘い！
205922-1

す-3-6
檀林皇后私譜（上）
杉本苑子
闇に怨霊が跳梁し、陰謀渦巻く平安京に、美貌のゆえに一族の衆望を担って宮中に入り、権勢の暗闘の修羅に生きた皇后嘉智子の一生を描く歴史長篇。
201168-7

す-3-7
檀林皇后私譜（下）
杉本苑子
飢餓と疫病に呻吟する都、藤原氏内部の苛烈な権力争いの渦中に橘嘉智子は皇后位につく。藤原時代の開幕を彩る皇后の一生を鮮やかに描く。〈解説〉神谷次郎
201169-4

せ-1-15
寂聴 今昔物語
瀬戸内寂聴
王朝時代の庶民の生活がいきいきと描かれ、様々な人間のほか妖怪、動物も登場する物語。その面白さを鮮やかな筆致で現代に甦らせた、親しめる一冊。
204021-2

た-30-50
少将滋幹《しげもと》の母
谷崎潤一郎
母を恋い慕う幼い滋幹は、宮中奥深く権力者に囲われた母の元に通う。平安文学に材をとった谷崎文学の傑作。小倉遊亀による挿画完全収載。〈解説〉千葉俊二
204664-1

な-12-5
波のかたみ 清盛の妻
永井路子
政争と陰謀の渦中に栄華をきわめ、西海に消えた平家一門を、頭領の妻を軸に綴る。公家・乳母制度の側面から捉え直す新平家物語。〈解説〉清原康正
201585-2

S-14-13
マンガ日本の古典 13 とはずがたり
いがらしゆみこ
後深草院の後宮二条が、みずからの半生を綴った日記・紀行文学。鎌倉中期の宮廷で数奇な体験を重ねつつ、自己を確立し成長していく女性の姿を描く。
203639-0